BENOÎT MINVILLE

Je suis sa fille

ÉDITIONS
SARBACANE
DEPUIS 2003

Bande-son

– MOTÖRHEAD, *Rock Out*
– PETER TOSH, *Pick Myself up*
– PRODIGY, *Firestarter*
– RAGE AGAINST THE MACHINE, *Killing In The Name*
– DEFTONES, *Minerva*
– NTM, *Le monde de demain*
– MÖTLEY CRÜE, *Kickstart My Heart*
– QUEENS OF THE STONE AGE, *You Think I Ain't A dollar, But I Feel Like A Millionaire*
– URGE OVERKILL, *Girl You'll Be A Woman Soon*
– MICHEL TELO, *Ai se eu te pego*
– SIMON AND GARFUNKEL, *The Sound Of Silence*
– CHARLES TRENET, *Route Nationale 7*
– AVENGED SEVENFOLD, *Seize The Day*
– STEVIE WONDER, *Superstition*
– JAY-Z, *Empire State Of Mind*
– ENNIO MORRICONE, *Mucchio salveggio*
– REFUSED, *The New Noise*
– SLIPKNOT, *Skin Ticket*
– JOHNNY CASH, *Ghost riders In The Sky*
– LYNYRD SKYNYRD, *Free Bird*

À mes parents qui ont toujours cru en moi
même lors de mes longues études
d'avant le bac

À ma femme qui m'encourage chaque jour.

À mes filles.

À tous ceux qui ont façonné mon imaginaire
et à ceux qui le façonnent encore aujourd'hui.

Je tiens à remercier Tibo Bérard
pour sa confiance et son regard qui ont fait de ce texte
celui que je suis heureux de partager. Respect. Walk.

Quelques mots en gage d'amitié et de gratitude
pour Alexandre Delaporte qui me conseille et me soutient.

Merci à Aurélien Molas pour ses fidèles encouragements.

Big Horn au Stown Crew.

Merci aux premiers lecteurs attentifs (Dominique,
Caroline, Serge, Marie et Aurore) et aux suivants.

Bonne lecture.

PROLOGUE

Je veux un coupable.

Mon doigt tremble sur la gâchette et j'ai le cœur qui me chavire dans tout le corps.

J'ai besoin d'un coupable. J'ai *besoin* de trouver une issue. Fuir tout entière par le tunnel de ce canon que je pose sur le front de l'homme à terre.

Je dois le faire, pour *lui*, pour moi. Pour venger – et moins souffrir. Pour espérer et croire, ou tout simplement… pour voir ? Ce qui se passera après…

Oui.

Si je le fais, peut-être qu'une génération entière arrêtera de nager après un billet de banque comme un bébé joufflu dans sa piscine !

J'ai peur.

Faut-il toujours un coupable ?

Y a-t-il toujours un coupable ?

Des larmes que je ne contrôle pas dévalent mes joues.

Demain, un jour, j'aurai dix-sept ans. Ailleurs l'été bat son plein, la crise est là, jeunesse se passe et demain c'est loin.

Et moi je plaque une arme, lourde dans mon poing, contre le visage terrifié du Grand Patron Français.

Je veux que ce soit de sa faute. Tout est né de cette haine et tout a une fin, pas vrai ? C'est bien ce qu'on dit : TOUT A UNE FIN.

Je dois aller au bout. Je dois le faire. Sentir mes nerfs hurler et éclater sa tête. Céder à l'instant que j'ai tant attendu. Le saut final ; ma révérence.

Mais…

Non.

Mon père – son visage qui tourne en moi, m'aime et m'amène sur son envoûtant manège à émotions. *Accroche-toi bien, ma chérie. Tu t'accroches, hein ?* Son sourire naïf tandis qu'il me regarde vivre.

Un sanglot me tord la gorge, et d'autres larmes coulent quand je me rends compte que je pense enfin à lui sans avoir envie de mourir.

L'arme lourde dans mon poing.

Je sais très bien qu'il n'approuverait pas, qu'il serait furieux.

Tout est de leur faute et quelqu'un doit payer.

Peut-être… Peut-être bien qu'il n'existe aucune bombe assez puissante pour faire exploser ce monde que je vomis mais tant pis, tant pis : mon doigt est malgré tout le détonateur du souffle qui viendra – et qui balaiera tout.

L'homme me supplie, je n'entends pas ses mots. Ma peur livre un combat contre ma rage, raison contre révolte, et toutes mes certitudes ont voltigé : une pièce qui monte au ciel avant de retomber.

Je ferme les yeux. L'instant du choix.

Première partie

Let Freedom Ring With A Shotgun Blast !
Rob Flynn, Machine Head *(Davidian)*

*

Comment on en arrive là ?

Comment on se retrouve à menacer de mort un inconnu dans une villa niçoise à neuf chiffres alors que l'on *déteste* la violence ?

Comment, à 16 ans et 364 jours, on traverse la France de part en part pour en finir avec le monde, réduire un système à néant et cracher son désespoir au visage de l'innocent que l'on veut voir coupable ?

C'est plus simple qu'il n'y paraît – malheureusement.

Je lui dois ça, car je suis sa fille de sang.

À lui, mon père : rêveur impénitent, gratteur de cordes persévérant, pas fichu de changer une ampoule mais capable de s'envoler sur un solo de guitare.

Mon père, Papa, Papounet, tout dépend de qui est dans les parages quand je lui parle.

Films préférés : *Heat*, *E.T.*, *Die Hard* et *Jour de fête*.

Groupes préférés : tout ce qui produit du riff énergique depuis que le blues est devenu le rock et que le rock a enfanté Black Sabbath. Des milliers de morceaux – qu'il sait jouer à la perfection sur sa vieille *Fender*, même s'il se dit « simple amateur ».

Livres préférés : *Drive* de James Sallis, tout Stephen King et tout Émile Zola.

Propension à la violence : proche du zéro. La seule mouche à qui il a essayé de faire du mal en rit encore.

Mon père, mon sauveur, l'homme qui me fait voir le monde un peu moins cabossé qu'il n'est.

– *Le monde se divise en deux catégories, Poussinette : ceux qui rient et ceux qui font la tronche ; toi, tu ris.*

(Maxime paternelle qu'il a commencé à immortaliser il y a bien longtemps, en la ponctuant d'une avalanche de guilis. Le gimmick est resté, pas les guilis.)

Mon père en trois étapes :

1) Il a pleuré quand j'ai fait mes premiers pas avec le mini tee-shirt LED ZEP qu'il m'avait acheté.

2) Il a caché ses yeux rouges quand je lui ai offert une place de concert pour Metallica, un *jour de fête*... des pères.

3) Il a eu ce sourire qui tremble quand j'ai bien voulu lui faire lire les deux-trois trucs que j'écris dans mon carnet.

Pire moment que mon père adore : regarder un film émouvant avec moi, sachant que je vais guetter les reniflements qu'il camoufle en toussant.

– *On se met le Roi Lion, papounet ?*

– *Nan, tu sais que je vais encore chialer quand ils vont brandir la peluche.*

– *Papa... c'est pas là qu'il faut pleurer.*

Mon père, un grand nostalgique, pas mélancolique, qui vit dans l'hommage et la référence pour mieux se réinventer. Un fan, un adorateur, un amoureux de musique, de livres, de bonne bouffe. De liberté en gros. En TRÈS gros.

Tout empli de rêves, mon père. Trop, sûrement, pour le monde qui tourne en oubliant parfois qu'on est dedans.

Mon père m'a élevée comme il aurait aimé grandir.

– Pour mettre au point mon fameux Système d'Éducation, j'ai commencé par dresser un inventaire exhaustif des emmerdes que peut causer une gosse. Ça m'a pris une bonne semaine, déjà.

J'ai toujours été la seule à rigoler à ses blagues pas drôles.

– OK, OK. Et après ?

– Ensuite, j'ai décidé de faire avec et de ne garder que les trésors. Et j'ai compris que TA vie, Poussinette, serait mon morceau préféré… justement parce que je n'en connais pas la partition.

– Papa… Pitié, pas le truc sur « la mélodie de nos existences » !

Son regard, parfois gênant, un peu lourd à porter – mais ce regard comme un trophée, que j'ai toujours espéré être en mesure de léguer, un jour, à mes enfants. En imaginant que j'en aie.

– Tu sais, je reste persuadé que quand tu es venue au monde, tu as été échangée avec l'Impératrice d'une race extraterrestre : un si joli sourire et de si jolis yeux, ça n'existe pas ici-bas. C'est encore plus rare qu'un gisement de pétrole dans la Creuse.

– Arrête, Papa !

– Des extraterrestres… Ils ont dû profiter d'un des rares moments où j'ai tourné la tête quand tu es sortie du ventre de ta mère. Et pourtant, crois-moi, j'étais là !

Et ma mère dans tout ça ? Eh bien…

… je crois qu'elle était là, le jour où je suis née.

Je suis dure. Je l'adore et c'est une mère admirable. Mais rare.

Autant je pense être devenue l'élément central de la vie de mon père – je m'en veux même, parfois –, autant je n'ai pas de doute sur ce qui anime la vie de ma mère. La planète est vaste, ses lumières attirantes… Je ne lui en veux pas.

Ils m'ont désirée, attendue et accueillie ensemble. Joan, ç'a été le choix final pour le prénom – le choix de mon père, qui a usé d'un intraitable *droit de veto* face à toute autre proposition pour faire céder ma mère. Merci, Papa : elle voulait me donner un prénom de fleur, je crois.

Après, ça s'est compliqué. Des chemins qui s'éloignent, j'ai déjà connu ça avec mes ex, sauf que ça m'a coûté moins cher et que ça ne s'est jamais fini au tribunal. Une histoire d'adultes dans laquelle je *n'interviens en aucune manière*, d'après ce qu'ils m'ont dit.

Bilan, une mère qui fait plus de tours du monde que Phileas Fogg ne s'en offrira jamais ; un père qui bosse dur et qui use ses semelles de chaussures pour arriver pile à l'heure à la sortie de l'école.

Comme il peut.

Bilan du bilan, un monde sur lequel brillent deux soleils : mon père, l'astre qui m'a donné l'envie d'en devenir un, et ma mère, le brasier qui a fait germer « la jolie plante », comme dit papi, taille de guêpe et cils-papillon – que j'ai bien sûr appris à utiliser à bon escient.

Au grand dam de Papa, bien sûr. Ouvert d'esprit, rock'n'roll, mais pas fou !

Quand elles le rencontrent, mes copines sont parfois jalouses de moi, souvent admiratives de lui ; certes, elles n'ont jamais eu à préparer le dîner de leur papa pour éviter qu'il ne se nourrisse de sandwichs pain-raviolis tous les soirs devant *Les Soprano*... mais leur papa ne leur a sans doute jamais permis d'avoir leurs premiers débats politiques jusqu'à 4 heures du matin, autour d'un verre de vin, deux ou trois ans avant l'âge habituel.

Ce qui n'empêche nullement le classique :

– Range ta chambre, Punkette...

(« Punkette » étant la version furax du « Poussinette », son double noir en quelque sorte).

Mon père travaille dur.

Travaillait dur.

Ne travaille plus, est au chômage depuis six mois, vit une *sale passe* depuis deux ans. *C'est la crise, c'est la crise.*

Avant, mon père bossait en costard et chaque matin, sur le seuil de notre pavillon de banlieue, Superman se transformait en Clark Kent un poil désabusé mais tout prêt à s'engouffrer dans son RER bondé, direction un temple du business tout en colonnes de métal et parois de verre.

Avant, mon père aimait son job. Sûr qu'il aurait préféré passer sa vie en tournée à tuer vingt-trois heures par jour sur les routes pour une heure de bonheur sur scène, mais la réalité et ma bouche à nourrir l'ont très vite ramené dans un chemin plus conventionnel, fait de gobelets court-sucré, de *briefings deadlinés* et d'allers-retours en mode vertical, RdC-7e.

Même qu'il s'y était fait. Un quotidien immuable qui, pourtant, menaçait progressivement de nous engloutir en s'effondrant. À l'image du monde et des gens qui le font.

***

Jusqu'au chômage, classique spirale. Celle qui mène au syndrome du visage écrasé. Mon père s'est fait déborder par l'eau noire du doute et n'a pu empêcher les mains qui se cachaient dans les profondeurs de l'y traîner. La chute, le gouffre, le mur… Toutes ces images ne suffisent pas à décrire ce qu'ils lui ont fait.

C'est d'abord à ses lectures que j'ai compris que ses cernes creusés n'étaient pas dus aux heures sup'.

Fini ses classiques et ses polars ; le front plus vieux de dix ans, il s'est mis à lire jusque tard des tonnes de pavetons sur le monde du travail, ses changements, sa rudesse, quelques essais de psychologie sociale je crois, et il est allé jusqu'à planquer ceux sur la dépression dans l'étui de sa *Fender* mise au rancard.

Il se levait plus tôt, rentrait plus tard. Jusqu'à oublier nos jeudis McDo+films – une semaine Ben Stiller/Jennifer Anniston pour moi, une semaine Mel Gibson/Bruce Willis pour lui.

Ce silence, si inhabituel de sa part…

Il m'a protégée.

Il a essayé.

Mais bien sûr, j'ai fouillé.

Je l'ai poussé à s'ouvrir. Un soir, dans la cuisine en vrac, vaisselle pas faite et attitude déterminée, poings sur les hanches, lui dos à l'évier. Il a nié, relativisé. Et puis, devant mes yeux en amande qui *refusaient* de s'en foutre, il a craqué :

– C'est… C'est très compliqué, au bureau. On est un gros groupe, tu sais ça, on a un nouveau big boss, il a durci le ton… parce que les résultats sont mauvais, à ce qu'il paraît. Connerie ! Ils ont fait encore plus de bénéfices que l'an dernier, ils… Bref. Du coup, nouveaux objectifs, nouveaux enjeux, *Aime la boîte ou quitte-la…* Poussinette, je bosse avec tout le cœur et l'ardeur imaginables, putain, tu te rends compte que j'ai encore oublié notre jeudi, j'avais un rapport et des plans d'action pour une énième réunion…

Il a poussé un grand soupir, je m'accrochais fort au bord du frigo, qu'est-ce qui arrive à mon papa ?

– Ils ne se rendent *pas compte*, merde, avec le peu de moyens qu'ils nous donnent sous prétexte que c'est « pareil partout et même pire ailleurs », c'est comme si on demandait à Picasso de peindre *Guernica* sur une feuille de canson, exactement pareil ! C'est perdu d'avance, on dirait qu'ils le savent et qu'ils *attendent*… Perdu d'avance !… Merde, mais ces mecs n'ont pas de mômes ?! J'en peux plus ma chérie, je suis à bout… Je…

Et mon papa s'est effondré dans mes bras.

C'est à cet instant-là et pas un autre que j'ai *su* que je refuserais leur monde. Et que la personne qui était capable – sous couvert de n'importe quelle « raison » – d'infliger cela à un homme comme mon père mériterait un jour de souffrir.

Déjà, j'ai senti la rage naître et me déborder. Je l'ai toujours ; on cohabite, c'est tout.

Ça n'a pas été long. Il a fini par se faire arrêter par son médecin.

Du coup au lycée, *Le Rouge et le Noir* m'ennuyait et je cherchais un manuel qui m'aurait dit comment vivre avec une âme noire et les yeux rouges. Impossible de rester la « bonne élève charmante, attentive et intéressée, continuez » qu'on attendait de moi.

Je passais le plus de temps possible avec lui.

La musique pour expulser la colère et sonder les abysses du mal-être, afin d'en extirper peur et culpabilité.

Et nos mots, nos échanges. Le faire parler.

Mais il était ailleurs. Ses yeux butaient sur le panier à factures ; la « poubelle à fric » du citoyen Papa, qui avait fait de l'honnêteté la pièce maîtresse de mon éducation.

La honte est apparue ensuite. *Procédure de licenciement*, lui a-t-on expliqué. *Joyeuse fumisterie orchestrée par eux avec l'aisance de l'habitude*, m'a-t-il traduit. Et lui, très vite, la mine blanche devant son PC à taper son CV. En serrant les dents, ses plombages s'en souviennent encore.

J'ai tout fait pour recréer notre monde. Notre Pandora à nous. Ce monde qu'on avait bâti autour des rires, et qu'ils m'ont pillé. Terroristes de mon imaginaire.

Quand même, Maman n'a pas attendu d'avoir pris le contrôle de la Terre pour venir à notre rescousse : elle lui a conseillé de se défendre. Nos droits. Elle allait nous aider. Mais un homme reste un homme. Saloperie d'orgueil. Ses yeux creusés portaient déjà, lisible, la réponse prévisible et inquiétante : il subviendrait LUI-MÊME au futur de sa fille. Même dans ce monde si dur, « on se débrouillerait ».

Alors il s'acharne. Il nie la fatigue causée par le sommeil qui l'abandonne. S'efforce de « garder espoir », et jamais il ne cède à la multiplication des verres, jamais il n'oublie de tordre sa bouche pour me sourire.

Seulement… je crois qu'il n'a jamais compris ce qui lui arrivait, au fond. Mon père a toujours eu ce besoin de *comprendre* les choses, les époques, les mouvements. Il était persuadé que la répétition de l'histoire était faite pour devenir un « spectre utile » au genre humain. Un refrain constructif. Et il ne *comprenait pas* pourquoi son bon sang de front à peine ridé avait été propulsé contre l'imitation chêne de son bureau, ni comment un étau lui avait serré l'âme au point d'en extraire tout le jus.

Apparemment ça arrivait partout. Comme une épidémie dont on ignore l'existence tant qu'elle ne vous frôle pas. Jusqu'à ce qu'elle vous frôle...

Partout des pères de copines transformés en gobeurs de cachetons.

Partout des grands frères de potes luttant comme des castors avec du bois pourri pour trouver du taf.

L'élastique du système qui va bien finir par nous péter à la gueule, à tous.

Tu fais quoi après le bac ? *La fac.*

Et après ? *J'sais pas.*

Partout.

Alors, si c'était partout, ça voulait dire qu'il faudrait *vivre avec*, pas vrai ?

Non. Pas vrai. Je refuse. C'est ce que j'ai décidé, à un moment donné : *je refuse.*

Mes problèmes de fille de seize piges me paraissaient dérisoires, brusquement.

Je voulais comprendre,

Comprendre pour grandir,

Combattre pour comprendre.

Sauf que la réalité m'a prise de vitesse.

***

On frappe à la porte. Avec insistance, celle qui vous agace ou vous fout la trouille. Vu l'heure, pas de risque de tomber sur un type masqué avec un couteau de boucher, donc rien à craindre. Les ongles pas encore secs, je râle et cavale pieds nus jusqu'à la porte. Red Hot à fond depuis ma chambre, en haut.

Des flics. Faciès aussi ouverts que ceux d'un prof de retour après un an d'arrêt maladie.

Bizarre, quand le plus gras des deux commence à me parler, c'est comme si… sa voix se… déformait mollement. Vient ensuite la petite prise d'inspiration avant LA PHRASE.

Je le fais répéter. Plusieurs fois.

Le brave képi est patient et bien emmerdé de faire couler mon mascara. J'ai cette pensée débile entre les sanglots, *Comment il va faire Bambi, pour éviter les dangers de la forêt avec les yeux tout embués ?*

Le choc sur mon estomac est rude. Inventaire mondial de l'injustice dans mes intestins.

Mon papa a braqué une banque.

Je vois Val Kilmer armé jusqu'aux dents, je vois George Clooney en cambrioleur tendance dandy, je vois le Joker génie du crime sardonique…

Mais pas mon père. Original Gangster Papa ? Ça ne colle pas. Ça ne rime à rien.

Ils m'expliquent.

Rien à voir avec un hold-up organisé, mais ça a dégénéré. Ça, c'est mon père.

Il s'est enfui avec une somme ridicule. *Oui*, je pense, et un fou rire dément est même au bord de monter, *ça c'est mon p…*

Non. Pas lui. Pas lui ! C'est impossible.

Paris vigie pirate, ils l'ont vite traqué.

Repéré, cerné, menotté.

Ils m'expliquent.

La tragédie, un concours de circonstances, le résultat d'un acte stupide, un drame.

Faites tourner la roue. Stop : ils doivent encore me dire... Il y a autre chose. Il y a pire. Il y a le jeune flic inexpérimenté qui a vu trop tard que l'arme de mon papa était factice. Arme. Papa. Factice.

– Rien pu faire, dit le plus gras.

Ma tête accueille une atroce migraine.

– Gravement blessé mais stable, s'empresse l'autre.

Je ne réponds rien, mais je sais : jamais plus, au fond de moi, je n'arriverai à être autre chose que de la colère.

***

Né pour perdre, vivant pour gagner.

Le dogme paternel.

– Tu es la preuve que ça marche, Poussinette : avec un père comme moi t'étais mal barré, et regarde : tu es devenue le plus beau des compliments.

Je tiens sa main et la caresse doucement.

En soins intensifs les minutes sont des secondes, je ne sais même plus si je respire.

Il ressemble à une divinité étrange, mon père, parcouru de fils qui évoluent en lui et entretiennent son sommeil forcé. J'attends le moment où il ouvrira les yeux, pour lui dire à quel point je l'aime. J'attends. J'attends. Je t'aime, Papa. D'un coup, je me rends compte que je ne le lui ai pas dit depuis un sacré bout de temps... que je ne le lui dis jamais assez.

Je garde ma colère pour plus tard.

Il a l'air de se reposer, c'est déjà ça.

Maman a été prévenue. Son avion a déjà décollé mais il lui reste le monde à traverser avec une boule dans le ventre. On se parle au téléphone, un peu. On ne sait pas trop quoi se dire. Elle est désolée.

Et moi je suis là. Chaque pore de sa peau, chaque poil de sa barbe compose cette vision dégoûtante de mon père *abattu* et prend le pas sur ses sourires solaires. Comme pour le grignoter, petit à petit.

Un policier et un infirmier viennent me signaler timidement que le temps qui m'est imparti a épuisé son dernier grain de sable. *Il faut qu'il se repose.*

Le regard que je leur adresse en retour est celui que je braquerai désormais sur leur monde – et je suis bien décidée à le nourrir.

Ce flic avec son pauvre sourire triste… c'est peut-être lui ? Celui qui a fait son boulot, tiré deux balles dans l'estomac de l'homme qui avait peur des guêpes.

Ses collègues veulent me parler, je refuse. Mon silence comme un joli majeur que je fais peser dans la balance… un peu. Contre deux balles, pas cher payé.

Je finis par leur cracher que j'ai besoin de repos moi aussi, que je serai chez ma grand-mère s'ils me cherchent.

Vu qu'elle est morte il y a trois ans, ils auront intérêt à frapper fort à la porte pour qu'elle entende.

***

Je retourne dans les rues brûlantes – et me précipite vers mon refuge. Mes larmes retenues pendant tout le trajet.

Hugo. Mon meilleur ami, mon réconfort.

Hugo… relation étrange qui oscille entre grand frère spirituel et ami pour la vie. Avec une dose d'amour éternel – mais platonique à 100 %. Promis.

Un jour, j'ai élaboré une analyse de son prénom, qu'il a aussitôt adoptée pour en faire LA définition de ce qu'il laissera aux générations futures.

– *Quand on trouvera ma statue dans le sable, Joanny !*

Son H figure l'échafaudage de stupidités hilarantes et folles qu'il fabrique à la minute : inutile, brillant et donc indispensable.

Son U est la moitié d'un O vouée à ne jamais s'achever, ancre tenace à l'éternelle jeunesse.

La boucle de son G ? Forcément, un clin d'œil à l'organe dont il se prétend pourvu – au moins une fois par jour – et à son statut autoproclamé de *meilleur amant du monde, au moins pendant la durée d'un slow de Maria Carey.*

Et son O final, le monde qu'il ingurgite d'une seule bouchée, planète HUGO.

Il est plus vieux que moi de deux ans, et si on n'avait pas détruit la vie de mon père, on aurait dû se retrouver dans la même classe à la prochaine rentrée pour bachoter ensemble.

– *Je t'ai attendue exprès, ma belle. Fallait ABSOLUMENT que je te montre la prof d'anglais que j'ai eue à l'oral : un croisement entre un nain hydrocéphale et une gerbe du 31.*

Planète Hugo. Né dans la cité voisine de mon quartier pavillonnaire, d'origine portugaise, donc français aussi mais portugais les soirs de foot. J'y pige que dalle.

Il a poussé comme une plante sauvage au milieu d'un jardin bien taillé. Au centre de sa famille merveilleusement normale et attachante…

– *Traduis, Joanny : horriblement banale et déprimante !!!*

… il est coincé entre un grand frère ex-légende du collège, devenu bosseur chevronné malgré sa réputation – erronée ? – de mauvais garçon, et une petite sœur en pleine phase Camp Rock (Hugo déclare avoir souillé une fois au moins ses magazines, je ne veux pas le savoir).

Planète Hugo. Une pleine et entière liberté qui n'a rien à voir avec de *l'innocence* – de ça aussi, la vie l'a libéré, très tôt. À 18 ans, Hugo a déjà dû affronter deux saloperies de maladies qui se sont accrochées à lui comme des pommes pourries au plus bel arbre du verger. Il a vaincu la première salve à coups de courage et de traitements de choc.

– La méthode classique, quoi !

Ça lui a tout de même coûté un poumon (le gauche – Hugo adore répéter que ça tombe bien, c'était celui qu'il aimait le moins). Quand la deuxième salve est arrivée…

– Bah, ç'a été encore plus facile, Joanny.

… mon Hugo lui a gentiment dit d'aller se faire foutre.

– Merde, tous ces médocs jouaient un peu trop sur la partie inférieure de mon anatomie. En plus, je venais d'avoir une connexion Internet démentielle – une ouverture inépuisable sur la planète X ! Il fallait bien que je me débrouille sans pharmacie, tu seras d'accord.

Hugo adore en faire des tonnes.

Hugo est un miraculé qui a décidé de ne plus jamais pleurer tant qu'il peut rire. Autre miracle, ses parents ont une confiance absolue en lui ; bien sûr, il leur a progressivement teint les cheveux en un blanc précoce, avec ses fugues inexpliquées, ses retours en fanfare et ses frasques à la pelle. Un exemple entre mille : à neuf ans il plantait leur Mercedes contre un pylône. Une vocation, presque. Ils ont bien compris qu'on n'enferme pas un Birdy dans son genre.

Hugo est ma came.

Je galope dans l'escalier de sa tour, frappe à sa porte comme un vendeur d'assurances à la bourre sur son chiffre.

Il apparaît – enfin.

– Hey, Joanny, t'aurais dû m'appeler, y a le dernier clip de Mylène Farmer qui passe sur W9 et j'étais en train de me taper une énorme bran…

Devant mes yeux d'ocelot pris en grippe par une meute de hyènes, il s'arrête net.

Sans me demander d'explications, ses bras m'entourent. Il boit ma peine, boîte de Pandore à l'envers.

Puis il attend patiemment que je m'étouffe dans mon dernicr sanglot du moment, me fait entrer, on s'assoit sur son canapé ; toujours ce silence que mon chagrin n'entache que par intermittence. Je plonge mes yeux en lui.

Il a ce visage parfait des acteurs américains de *teen movies* qui jouent toujours les ados à l'âge de 25 ans. En constante représentation, de ses sourcils taillés à sa coupe de cheveux hyper étudiée, de ses casquettes à visière plate jusqu'à ses fringues parfaitement tendance. Je ne peux même pas dire qu'il est mon ami gay : Hugo goûte tout, aime tout, en musique comme en amour.

S'il lui venait l'idée de se raser la tête, non seulement une partie des filles du lycée ne s'en remettraient jamais, mais en plus il mettrait fin au règne commercial de trois grandes marques de gel. Son débardeur semble avoir été conçu et pensé pour mettre en valeur les muscles qu'il travaille uniquement deux mois par an – mais à fond – afin d'être « à tomber » sur la plage l'été et participer au grand concert de phéromones.

Je ne suis pas amoureuse de lui.

Juré.

Je le regarde comme le frère que je n'ai jamais eu. Tout du moins, j'imagine que la fraternité doit avoir ce goût-là.

– Ça va aller.

– Non.

J'ai répondu calmement. Je déteste ces crises de larmes perdues dans les grandes eaux hystériques.

– Si c'est à cause de la dernière part de pizza de l'autre jour, je suis hyper désolé. En plus ça m'a foutu la chiasse.

Je ricane en essayant, malgré tout, de ne pas être trop ridicule quand je renifle.

– T'es con.

La magie opère. Il faut simplement que je ne pense pas à mon père, otage du monstre mécanique qui a pris contrôle de lui tout en le maintenant en vie.

– C'est mon père.

Je raconte, il écoute. Son iris se contracte et se relâche en mesure.

À la fin, il tourne la tête vers la télé. Le fait divers doit être en train de passer en boucle sur les chaînes d'info, à la rubrique locale. L'écran noir nous renvoie notre image.

– Merde.

– Je veux pas qu'il meure !

– Pense pas à ça, Joan.

– Il a rien fait, il… il est innocent.

– Je sais.

– J'ai la haine, Hugo… J'ai une boule qui grossit… Un truc qui me bouffe.

– Je sais.

– Je veux qu'il se réveille. *Je veux qu'il se réveille !*

– Il le fera.

Je ravale le nouveau dernier-sanglot-du-moment. Et ma pensée se formule au moment où j'ouvre la bouche :

– Je veux qu'ils paient. Ces porcs ! Ils ont essuyé leurs pompes sur la tête de Papa, Hugo. C'est eux qui l'ont poussé à faire ça, ils l'ont *brisé !*... Toujours plus, toujours plus. Tout ça, c'est à cause d'eux ! À cause de ce monde qui part en couilles ! Hugo... ça me brûle quand je respire.

Je tremble. Je bave presque. Si seulement je me transformais en zombie, au moins ce serait plus simple. *Game over.*

– Calme-toi.

Nouvelle rafale de larmes, je laisse tout couler.

– Non. Je ne veux plus être calme. Je suis tellement bousillée que je vais vomir du sang si je continue ! Une vie normale. Mon père l'acceptait sa vie normale, merde ! Et maintenant, voilà où il en est... mais *pourquoi* il a fait ça ?... Jamais il a pu croire que ça changerait quelque chose, jamais il a pu croire que ça réglerait quoi que ce soit. Il avait horreur de la violence ! Oh, Hugo, je... Je parle de lui au passé...

Hugo serre ma main. Ma rage se diffuse en lui. Je peux le sentir. Une contagion à rebours, dans un monde qui a implosé.

– C'est pas juste...

J'en reste là. Sur ce constat aberrant, qui devient le point de mire de mes pensées.

La lame tranchante de la vie, je la prends entre les côtes avec mes seize ans bientôt épuisés. Et la vision de ce gâchis – et de toute la peine à venir – donne naissance à un nouvel ordre dans ma cervelle.

Hugo affiche un visage rare chez lui : dur, déterminé et serein.

– C'est notre joli monde de merde, Joanny. Celui qu'on va récupérer. Le tout salopé, tu sais ? Parce que les drames ne suffisent plus à faire changer les choses. La femme du voisin du dessous, le gars qui râle tout le temps quand on met le souk ici, elle allait bosser *tous les jours* devant un écran d'ordi éteint. Un fantôme. Ils voulaient simplement qu'elle dégage d'elle-même. Qu'elle craque. Il m'a tout raconté, son mari. Le pauvre mec. Comment il l'a vue plonger, jour après jour.

– Et…

– Là où elle est, elle pourra plus le soûler quand il rentre la nuit.

Je prends ma tête à pleines mains pour canaliser les vagues de sang qui affluent dans mon crâne.

– Et c'est cette merdasse qu'on va nous léguer. Tant qu'une minorité se torchera sur nous pour préserver leur putain de fric, on sera des veaux pour la vie. D'un côté t'auras toujours des mecs pour se plaindre qu'ils ont gagné 1,3 milliard au lieu d'1,4 milliard, et de l'autre des bandes de smicards qui vivent à chrome… et des hordes de cadres massacrés. Comme ton père. Et bien sûr on continuera tous à consommer comme des connards, de façon immorale et démesurée. Alors que le vrai majeur dressé, il est là. Tiens, passe-moi mon iPhone d'ailleurs, je vais nous mettre un peu de son. Ça va t'aérer, ma belle.

Hugo balance un vieux Prodigy et me sert un grand verre d'eau, il décapsule une bière pour lui. Après une seconde d'hésitation, il décide d'inverser. Je bois tellement peu que l'alcool agit rapidement sur mes nerfs et m'apaise aussitôt.

– Le mec qui a foutu toute cette pression à mon père, est-ce qu'il a des mômes, putain ? Des ados de notre âge avec qui il se balade le week-end et qu'il engueule la semaine ? C'est pas comme dans ces westerns à la con, les bons d'un côté, les méchants de l'autre et au milieu une poignée de dollars, c'est pas du tout ça... Comment on en arrive là ?

– Ce type, il fait comme ceux qui sont juste au-dessus et juste en dessous de lui... Il *applique*. Voilà ce qu'ils font. Des petits soldats qui eux-mêmes se feront écraser la tronche s'ils n'appliquent pas. Ça me rappelle tous ces trucs gerbants qu'on apprend en terminale sur la gestion en entreprise – ou sur la Seconde Guerre mondiale, je sais plus. Tu verras, même au bout de trois fois on s'en lasse pas, c'est vraiment pas mal.

– Je me sens pas bien.

Hugo attire ma tête contre son torse.

Son cœur bat à un tempo soutenu.

Je sens aussi le mien battre à mes tempes.

Une polyrythmie qui peu à peu se cale pour ne faire qu'un corps et une pensée.

Et puis il parle, d'une voix assurée et froide :

– C'est la tête qu'il faut couper. Tu veux un coupable, Joan ?

Je me redresse. La rage, déjà de retour. Éternelle émotion qui ne s'enfuira plus que par moments, pour mieux revenir. Toujours.

– OUI. Je veux un coupable ! Si Papa ne se réveille pas... Si ce monde n'a plus aucune putain de morale !... Si c'est son histoire qu'on matraque aujourd'hui et qu'on oubliera demain... Si tout ça vaut mieux *qu'une vie* à leurs yeux, alors oui, moi aussi je vais entrer dans leur folie, d'accord ? Je n'ai jamais souhaité la mort de personne, mon père m'a enseigné le contraire de ça, mais j'ai besoin de voir les yeux du maître de ce monde de merde me supplier de ne pas le tuer. Ces ignorants du malheur qui s'accommodent des cadavres qu'ils entassent. Je veux buter ce salaud. Ça te paraît débile, Hugo ? Tu crois que c'est un délire de gamine ?

– Tout sauf ça, Joanny. J'imagine que tu sais ce que ça veut dire…

Je grince un long *oui* sifflant entre mes dents, si long qu'il prend mon visage dans ses mains.

– Tu te rends compte de ce que ça représente ? Hein ? Un « truc » comme ça ? Tu veux qu'ON le fasse ?

Il me pousse ou me raisonne, je l'ignore ; mais à présent je suis en lui et répète inlassablement :

– OUI. OUI. OUI.

– Alors, c'est quelque chose qui peut se faire.

Je regarde fixement les posters d'Hugo ; *Tueurs nés*, *Pulp Fiction* et *Kick Ass*.

Et d'un coup je ne suis plus une gamine. Je suis une fille de pulp qui va se faire ce fils de pute.

Je vais le faire. Ça monte.

Mon père sur son lit blanc et froid. Je vais le faire. Tout devient logique. Mon père démuni face à l'étau. Je laisse mes idées folles rationaliser ma haine et ma peine, tandis que je m'imagine venger mon père. Et tous ceux qui souffrent et souffriront encore.

***

Je suis rentrée chez moi.

C'est lugubre et calme. *Son* monde de bruit et de fureur, si calme… J'ai décidé de passer en revue ses vinyles en attendant Hugo.

Fenêtres ouvertes pour accueillir la tiédeur de la fin d'après-midi.

J'écoute au hasard quelques standards, jongle entre ses CD et le disque dur gavé de musique. Hugo m'a dit qu'il avait *une course à faire*.

Il m'a dit aussi qu'il allait *s'occuper de tout*.

Ce qui veut dire que *tout* est imaginable.

Je retournerai à l'hôpital demain matin, après avoir essayé d'arnaquer quelques heures de sommeil à mon cerveau émietté.

Mon estomac ne peut accueillir que de l'eau.

Dans l'appartement silencieux, je tourne en rond en m'efforçant de ne pas trop m'appesantir sur les photos qui peuplent les murs, la frise de mon bonheur bousillé.

– Franchement, Poussinette, une déco faite maison ça change des étagères BILLY, non ?

Je tourne en rond avec la voix de mon père.

Hugo débarque avec deux pizzas.

– Meeerde, j'ai complètement oublié de t'en prendre une !!!

J'arrive à lui sourire pour saluer l'effort. On est plutôt calmes. L'air doux se diffuse dans un courant d'air. Des voisins font un barbecue, l'odeur fait remuer les narines de mon ami, je reste insensible.

J'allume la télé : De Funès en gendarme.

L'été est bel et bien lancé.

Et même si j'ai du mal à l'admettre, je comprends brusquement que pour moi, il va s'achever avec le sang de la vengeance sur les mains.

***

Hugo fume un stick d'herbe allongé sur mon lit. Je suis assise sur le bord, genoux relevés. La nuit n'obtiendra rien de nous, même épuisés, impossible de dormir.

Il dandine la tête sur un bon reggae.

– C'est important, Joanny, il faut que le monde le sache : j'estime qu'il est parfaitement contradictoire – non : blasphématoire !!! – d'écouter Peter Tosh sur un téléphone portable.

La musique nous berce mais rien ne change.

Il recrache doucement la fumée. Je le devine déjà entré dans son rôle de mèche humaine nous reliant à la bombe qui couve depuis trop longtemps au sein d'une génération entière.

Hugo, un G pour mon ange-gardien. Si Dieu existe, c'est à croire qu'Il l'a épargné – *Deux fois de suite, ma belle !* – afin de me permettre de l'avoir à mes côtés. Ma détresse et l'injustice ont achevé de le changer en Grand Artisan du Bordel à Venir (il m'assure qu'on doit pouvoir former le mot *vagabond* avec ce nom de guerre, ce qu'il trouve très cool).

Nous n'avons rien à perdre ; eux si.

Je ne reculerai plus.

De pièce en pièce, je déambule.

– *Poussinette, mon bébé : qu'est-ce qui rime avec sémaphore ?*

– *C'est mon corps !*

Je m'imprègne de la… *présence* de mon père. Je revis des instants, sourit à l'image d'échanges complices.

– *Interro-surprise ! Quel groupe a inventé le Death Metal ?*

– *Napalm Death ! Euh, Death ! Euh, Morbid Angel ! Je sais plus, Papa…*

– *Mon Dieu, mais qu'est-ce qu'ils vous apprennent au CP ?*

Quand je rentre dans la chambre, Hugo mate BFM TV : un débat sur la délocalisation et la crise, deux grands patrons face à deux journalistes.

Il mime une arme avec les doigts et fait feu façon *Taxi Driver*.

– *Bang bang*. Nous, on est juste nés dans un monde pas assez costaud pour tous nous porter ; mais leur problème à eux, c'est que le ciel va leur tomber sur la gueule.

– C'est comment son nom, déjà ? je lui demande en m'allongeant à ses côtés. Impossible de me le mettre dans le crâne.

Je me mets sur le dos, il roule d'un quart de tour et nous voilà étendus dans l'herbe avec un ciel d'azur en pleine face. On a assez d'imagination tous les deux pour voir les étoiles à travers mon plafond.

– Alain Dupré Lassalle.

C'est donc lui. Celui qui sans le savoir a fait tomber le premier domino. Celui qui se trouve tout en haut de l'organigramme, celui qui nomme ceux qui nomment ceux qui appliquent. Le capitaine d'industrie, fleuron de l'économie. Celui qui sans le savoir fait pousser les raisins de la haine. Le pire dans tout ça ? Je suis sûre que c'est un mec bien, ou pas pire qu'un autre, à part qu'il doit faire avancer son navire au prix fort. Oups, pas de chance pour lui : je suis un iceberg déguisé en fille modèle.

Alain Dupré Lassalle.

Hugo a passé la journée à retourner la Toile pour le débusquer. Merci Wikipedia. Il en a profité pour contribuer à l'article avec un petit éloge poétique – je me souviens juste qu'il était très fier d'être arrivé à faire rimer *Lassale* et *Faciale*. Ensuite, il s'est baladé sur des forums de management et d'économie pour jouer les adulateurs de grands patrons. Là, il a carrément *créé* un système financier en s'inspirant de ce qui existe déjà, les posts ont fusé et ça a foutu un bordel monstre. Et puis, il a changé son statut Facebook, jugeant crucial d'informer ses fans qu'il partait *en vacances à Vierzon pour un stage de mosaïque médiévale*.

Je sais où nous allons, je sais ce qu'on va faire.

Et tout cela me paraît normal et logique.

La colère a authentifié mon but. Oh, Papa me manque tellement !

N'y pense pas, sinon tu sombres. Avancer. Foncer tout droit. Ce qui me sidère, c'est que tout se fait le plus naturellement du monde… Pour la première fois, je me rends compte de tout le ressentiment qui grouillait en moi. J'ai encaissé seize ans de journaux de trop. Saturée de JT, horreur banalisée, je vois venir la salutaire explosion… Papa. Mes yeux brûlent, putain.

Ils ont arraché ma vie chère des eaux calmes où je voguais. Pour cette raison, à aucun prix je ne veux oublier de vivre ; ils ne *méritent pas* de me voir terrassée.

Patience.

Le monde se fait discret, la nuit paisible. Hugo a fini par s'endormir devant une émission de témoignages à la con.

Je me blottis contre lui et me synchronise avec le mouvement de son torse pour trouver, à mon tour, quelques instants de répit.

***

Mon père en voyageur des limbes. Il chemine et je suis devenue le chant de la sirène qui le ramènera à la rive.

L'instant est beau.

Je suis paisible, ma main posée sur la sienne. Les nouvelles sont un peu meilleures, même si le *pronostic vital reste engagé*. J'en connais un autre dont le cours du pronostic vital chute en flèche, sauf qu'il ne le sait pas encore. Ma mère arrivera bientôt, elle va prendre le relais et veiller sur lui.

Je préfère partir avant de la croiser. J'embrasse mon père sur le front.

Bien sûr qu'il ne serait pas d'accord avec mes choix.

Bien sûr qu'il ne serait pas fier de moi et de ma décision.

Bien sûr que je le sais, je suis sa fille, c'est pour cela que je vais le faire.

Est-ce que tu vas te réveiller, Papa ? Je n'en sais rien ; mais s'il le fait, je veux qu'il sache que je ne l'ai trahi en allant à l'encontre de ses valeurs que pour une seule et unique raison : pour arrêter tout ça. Pour qu'après, plus aucun papa, plus aucune mère ne se retrouve à fixer un écran d'ordi éteint. Je ne demande rien, ni excuses ni pardon. J'ai trop pensé. Je voudrais juste que ce monde redevienne beau.

Juste *arrêter tout ça*. C'est illusoire ; et cependant, ça n'a jamais paru aussi réalisable que maintenant.

***

– Je t'emmène en vadrouille, ma belle ?

Tout fier, Hugo fait vrombir le bolide de son frère Vasco. J'aime pas spécialement les bagnoles, mais c'est vrai qu'elle en jette.

Je venais d'arriver devant sa tour quand il s'est arrêté à ras le trottoir, en dérapage contrôlé. Hugo arbore sa panoplie de départ en vacances de beau matin.

– Non ?... T'es sérieux ? Vasco t'a prêté sa caisse ?!

Cette bagnole, tout le monde sait que c'est son *trésor*, à Vasco. Un monstre de luxe et de frime qu'il a mis des années à s'acheter, en bossant comme un dingue sur les chantiers. Le genre de merveilles qu'on ne devrait pas trop laisser traîner dans la cité où vivent Hugo et Vasco, logiquement – sauf que le grand frère a gardé assez de vieilles relations de son passé agité pour que personne ne cherche à lui piquer ne serait-ce qu'une jante.

– Tu croyais pas que j'allais traverser la France autrement que dans la Ford Mercury de James Dean ?

Je répète :

– Vasco t'a prêté sa caisse ?

– Pas tellement, c'est pour ça qu'on a intérêt à y aller. Il m'a toujours pas rendu mon FIFA, du coup on est quittes. Je suis sûr qu'il comprendra.

Gentleman, il descend, m'ouvre la portière et balance mon sac de sport dans le coffre.

On échange un long regard, qui scelle notre pacte.

Destination : Nice, lieu de villégiature estivale de Monsieur Dupré Lassalle depuis six ans. D'après Hugo, il y a peu de chances que ça ait changé.

Trajet : mon compte étant au niveau proche de zéro et Hugo plutôt du genre dépensier, on va se taper la Nationale.

Dernier détail : avant de piquer la caisse de son frangin, Hugo est allé faire sa petite course du côté du local à vélos de la tour B. Il a acheté un flingue. Je ne l'ai pas vu. À vrai dire, je ne veux pas le voir. Rien que d'imaginer l'arme, lourde et noire, dans la boîte à gants… j'ai peur.

On annonce un début de canicule à la radio.

Faut qu'on parte tout de suite si on veut éviter les bouchons.

Mais, c'est déjà ça, Vasco a installé la clim dans sa Ford.

INTERLUDE : VASCO & DJIB

La veille au soir.

Vasco referme le coffre de sa voiture. Djib, son pote de toujours, répond par une grimace au sourire ballon d'or qu'il affiche.

– Et voilà, poto ! Un ampli de malade pour rouler dans la plus belle caisse du monde. Le point final de mon chef-d'œuvre. Quatre ans que je bosse dessus, putain. Mais maintenant, j'ai une pièce de collection équipée comme une Batmobile. J'ai claqué de quoi me marier six fois en Russie ! *La fureur de vivre*, enfin.

Djib grimace une deuxième fois.

– N'empêche que tu vas finir par te la faire fracturer… Écoute le sage : mets-la dans un parking. Privé. Avec des vigiles maousses.

Vasco relève le col de sa veste en jean.

– Ça n'est jamais arrivé et ça n'arrivera jamais. Les gens sont pas oufs, ils n'ont pas envie de finir dans une cave ! Je leur permets de se rincer l'œil, c'est déjà sympa. Et en prime, j'ai installé un système de sécurité à te faire saigner les oreilles de Beethoven.

– Sûr qu'elle est belle. C'est marrant, je t'imaginais plus dans une caisse à la *Fast and Furious* que dans celle de James Dean.

– Quoi ? Parce que je suis portugais, je dois rouler en caisse tunée et écouter de la merde ? C'est mon rêve cette caisse, sérieux. Tu sais combien de chantiers je me suis tapés pour me la payer. Et tu sais aussi comment j'ai taffé comme un chien pour pouvoir offrir à tes yeux misérables cette pièce unique.

– Merde, je comprends plus rien à ce pays ! Un prolo qui bosse dans le Bâtiment se tape une caisse de haut vol et moi je galère à trouver du taff.

– Ouais. Mais toi, t'es noir.

– Ouais. Mais moi, j'ai un master en finance, ducon.

– Allez viens, j'te paie un coup pour fêter ça. Et ce soir j'ai de grandes chances de me taper les jumelles Konaté avec ma bête… Si t'ajoutes que demain matin on se casse pour le week-end prolongé à Quiberon, t'obtiens le plus beau jour de ma vie !

– Ça marche… mais je crois que ce soir tu regarderas *Grease* tout seul parce que les jumelles, elles sont au bled depuis deux semaines. Alors te couche pas trop tard.

– Fait chier. M'en fous, ma caisse elle défonce tout.

Le lendemain matin.

Deux spectateurs atterrés devant un foutu sale tour… de magie. Leurs yeux incapables de se détacher de l'emplacement vide.

Vasco lève les yeux au ciel, Djib le tacle :

– Pourquoi tu regardes là-haut, tu crois que c'est un aigle qu'est venu l'attraper comme un mouton ?

– J'aurais dû le prévoir. J'aurais dû m'en douter, merde.

– T'aurais dû m'écouter, surtout.

Vasco se passe une main sur le visage, accompagne du geste ses cheveux habitués à être plaqués sur l'arrière de son crâne sous une grosse couche de gel.

– C'est un cauchemar.

– Sérieusement, tu l'avais pas vu venir ?

– C'est bon Djib, c'est bon. On va la retrouver, et j'vais rouler sur le connard qu'a osé faire ça. Trois fois. On va voir Hocine et Zlat, direct.

– Et les flics ? C'est plus classique, mais peut-être moins risqué…

Pas de réponse, Vasco reste végétatif ; Djib regarde son meilleur ami avec compassion. Depuis le jour où ils ont réussi l'exploit de piquer une caisse entière de sucettes à la vieille Oshmarek, ces deux-là sont inséparables. Ils se connaissent par cœur, au point que Djib peut même *ressentir* la colère qu'éprouve son pote. Le coup est dur.

Vasco baisse la tête, s'aperçoit qu'il a marché dans une crotte de chien. Journée de merde. Il frotte ses *Creepers* sur le bord du trottoir, fulminant un peu plus de seconde en seconde. Un regard au ciel, un au sol, qui sait ? Peut-être qu'un génie bienveillant va s'extraire du bitume et venir à sa rescousse ?

Son iPhone tinte.

Merci frangin, désolé,
tu participes à l'effort de guerre,
love. H.

– Oh le p'tit bâtard…

*

Le soleil est bien fier et généreux.

On n'en demandait pas tant. Le périph à cette heure est déjà un enfer bétonné, qu'on est forcés de traverser afin de plonger sur la mythique route des vacances.

On a décidé de rouler fenêtres ouvertes finalement, et on se mêle à la parade ronflante des grises mines matinales.

Forcément, on attire le regard des files voisines : notre jeune âge ajouté à la Ford historique et vrombissante font une équation étrange qui étonne, voire déplaît ou – comme Hugo l'espère – suscite jalousie et envie.

Il a potassé des cartes avant de partir et on a pris l'appli pour les grandes lignes. Pas bien compliqué je crois, mais c'est notre vrai premier départ en duo, et notre croisade ne doit rien laisser au hasard.

Pour commencer, on s'est gonflés à bloc en écoutant *Nevermind* et *Killing In The Name* en boucle – Vasco s'est pas foutu de nous, j'ai eu l'impression que le groupe jouait entre mes tempes. Et des *FUCK YOU I WON'T DO* qui me résonnent encore dedans.

Ça me grise de savoir que c'est moi qui vais écrire la suite. Première fois que je ne regarde pas plus loin qu'après-demain.

Hugo tapote le volant en rythme et se met à secouer lascivement la tête quand sa playlist lance Deftones. *Minerva*. Hymne envoûtant d'une déesse assez furieuse pour nous accompagner.

J'ai passé un coup de fil à l'hôpital.

L'infirmier de garde n'a pas été très loquace.

Toujours préoccupant. Tu m'en diras tant. Forcément, Hugo a dû mettre les bouchées doubles dans l'humour tordu pour que mes fossettes se creusent à nouveau – un peu.

– Tu sais, c'est plutôt dommage que t'aies pas de mec en ce moment.

– Q-quoi ?!...

– Naaan, je veux dire, imagine que t'en aies eu un et que tu veuilles t'en débarrasser, tu tenais la plus belle feinte du monde pour le renvoyer à ses mains calleuses : *Désolé c'est fini je me casse venger mon père.* La feinte, merde !!!

Il a encore réussi, ce con. J'ai même pouffé comme une gamine.

– Vraiment dommage. T'assures pas, Joanny !

Bon, j'ai pas de mec en ce moment, c'est une réalité. En un sens ça tombe plutôt bien, contrairement à ce que l'esprit délirant d'Hugo vient de suggérer, parce que la situation aurait été difficile à gérer... Avec qui est-ce qu'elle ne le serait pas, d'ailleurs, à part Hugo ? J'ai deux très bonnes amies, c'est peu mais il faut dire qu'Hugo demande beaucoup d'attention... Je ne les ai pas prévenues, pour mon père. Même si ce sont des filles chouettes, c'est trop grave, et puis j'aurais eu honte rien qu'à l'idée de pleurer devant elles. Devoir leur expliquer que mon père n'arrivait plus à joindre les deux bouts… Pas la patience de les écouter me dire que ça va aller.

Trop enragée pour leur répondre : *On doit le faire !*

Trop peur qu'à trop en parler je change d'avis et me raisonne. J'attends de voir.

Là-bas, dans ma chambre silencieuse, j'ai laissé mon portable sous mon oreiller. Ma mère a dû me laisser une tonne de messages, mais pour l'instant je préfère ne pas y penser, à cause de cette culpabilité qui me ronge les côtes.

J'ai seulement laissé un mot à l'hosto, où je lui dis que je pars pour le week-end « m'aérer la tête » (vision flash : le crâne du Grand Patron Français éclate sous le coup d'un énorme flingue). Je rentrerai après le 14-Juillet. Et on chantera la Marseillaise comme avant, à la Gainsbourg.

Bien sûr.

Au moins, je sais qu'elle s'occupera bien de lui.

– Tu penses à quoi, Joanny ? Parle-moi, quand ça fait trop mal. Lâche tout.

– J'ai tellement de questions…

– Tu te demandes si l'éléphant est plus fort que le rhinocéros ?

– Je me demande si tout ça est réel.

– Aaah… Si je pile maintenant, ça répondra à ta question ; mais on n'aura pas droit à notre grand final.

– Hugo, pourquoi tu fais ça ? Pourquoi tu m'accompagnes ? Pourquoi tu prends le risque de foutre ta vie en l'air, après tout ce que t'as traversé ?

– Déjà parce que je t'aime, Joanny. Et puis tu sais, ça fait un bail que j'ai baisé la mort. On a dépassé le stade du petit missionnaire vite fait dans le noir, elle et moi, ça donne envie de mettre un peu de piquant, d'essayer de nouveaux trucs.

Sur ce, il change de file. Hugo a son permis depuis six mois. Je ne sais pas conduire, mais je crois qu'il lutte un peu quand il doit débrayer.

On reste silencieux jusqu'à l'arrivée au Kremlin Bicêtre. On est partis juste assez tôt – normalement – pour éviter d'atteindre le stade où tu n'as qu'une envie, scalper Bison Futé et te faire des chaussons avec son pelage.

Et nous voilà prêts à traverser la France pour la partie de Mille Bornes la plus rock'n'roll de l'histoire...

En théorie on pourrait arriver en début de soirée ; mais Hugo veut prendre le temps, *laisser arriver le jour de gloire pour étancher notre rage*. Il a développé tout un raisonnement hyper complexe dont je n'ai retenu que des bribes, pour m'expliquer qu'on devait « faire le plein de vie avant d'explorer le vide de la mort », ou un truc du genre.

Il me l'a promis : durant ce laps de temps, on va vivre. À fond. Je lui fais confiance. Avec lui, fredonner l'air de *Welcome To The Jungle*, ça revient vite à se retrouver en plein Stade de France au cœur d'une foule surexcitée.

– Et pour commencer, on va se faire un restau. Un vrai. J'aurai une faveur à te demander, aussi.

En bonne intoxiquée, je sens déjà monter de mes entrailles l'appel du Royal Deluxe et dégaine le nom de mon deux-étoiles habituel.

Il secoue la tête et me répond, d'un air blasé horriblement horripilant, qu'aucun McDo ne « vient polluer » la Nationale 7.

– Question d'exception culturelle, ma belle.

Tu parles. J'y crois autant que la fois où il m'a dit que les garçons embrassent mieux que les filles. C'est parce qu'il ne m'a jamais goûtée.

Je m'apprête à le bâcher pour de bon, mais sa sonnerie de téléphone – la Marche Impériale de *Star Wars* – résonne dans la Ford pile à ce moment. Sauvé par le gong.

Il tchecke l'écran, fronce un sourcil.

– Ah ! Je me disais aussi.

Il met le haut-parleur en me faisant un clin d'œil.

– Salut frérot !

Une voix déformée par la rage sature le petit appareil blanc qui semble vibrer comme s'il allait relâcher un démon.

– BORDEL Hugo, là t'as vraiment déconné. VRAIMENT. Ramène-moi ma caisse, ET VITE !!!

– Hmmmmmmmm… Nan.

– Comment ça, nan ?!!! Je te le demande pas, je te l'ordonne ! C'est ma caisse, petite crevure de merde !!!

– « C'est ma caisse, c'est mon jouet ». Écoute-toi, frangin ! C'est à cause de ce genre de comportement que le monde va mal. Faut te reprendre…

– Mais arrête ça, MERDE !!! J'ai bossé comme un ouf pour me la payer cette Ford, je bosse moi, toi t'as jamais bossé de ta vie… Maman te passe tout… Putain, ramène-moi ma caisse !!!

– Oups, tunneeeeeel.

Nouveau clin d'œil, tout en frottant le combiné contre sa bouche, *froutchhhhhhh*… Je connais Vasco, il doit avoir dépassé le stade de la fureur animale.

– JE VAIS TE METTRE UNE BRANLÉE !!! Tu m'entends ? Tu m'entends, petite raclure ???

Parfaitement serein, Hugo reprend l'appareil.

– Déjà, tu vas rien me mettre du tout. On sait tous que t'as pissé au lit jusqu'à tes treize ans et que toi aussi, t'as déjà joué au con avant de devenir le Stakhanov des chantiers Bouygues. Alors calme-toi un peu. Tiens, t'as qu'à jouer avec MON FIFA, je te le prête.

C'est très clair, Hugo se délecte. Je me mords la lèvre en pensant au pauvre « V ». À ses jolis yeux verts parfois bariolés de rouge à cause de la 8.6. À ses fringues qu'il va pêcher dans je ne sais quelle friperie de Paname, à son manteau en jean *vintage* et à sa coupe rockabilly. Sacrée différence d'allure, entre les deux frangins… et un truc en commun, quand même.

– T'es une putain de plaie, Hugo. Je bosse tout l'été, j'irai pas au pays, MOI ! J'avais juste ce week-end ! Merde, moi et Djib, on avait prévu des trucs !

– Djib et moi.

– Quoi, Djib et toi ?

– Frangin, vu que toi t'as pas le bac et que moi c'est mal parti, on a carrément intérêt à ce qu'Olivia continue sur sa lancée, sinon les parents ne vont pas avoir grand-chose à afficher sur le frigo.

– Hugo, arrête de m'embrouiller deux minutes et rends-moi ma putain de bagn…

– Dis donc, ça tourne au syndrome de la Tourette ! Écoute, pour ton week, t'as qu'à prendre le train. Tu verras, le dernier numéro de *TGV Mag* est top, y a même une interview de Depardieu ! Et puis, n'oublie jamais : *Le principal c'est le but, pas le moyen d'y arriver*. Baudelaire – ou Ribéry ? Merde, je confonds tout le temps…

– Mais putain, tu sais ce qu'elle représente, ma caisse… Je te jure, si jamais elle se prend même la moindre fiente de piaf je vais en crever, tu entends ? En crever !!! Et cette fois c'est toi qui viendras me voir à l'hosto !

Hugo fait claquer sa langue contre son palais. Carapace légèrement ébréchée, il accorde un point à son frère et se re-concentre sur sa conduite.

– Fais confiance, V. Je suis avec Joanny, on file à Nice, on fait péter le monde et ta Ford est à toi.

– *Quoi ?*

Hugo l'embrasse et raccroche au moment où Vasco brandit le *Je vais le dire à Papa* du vaincu.

Il me regarde. Je suis un peu gênée.

– Il a pas sonné, mon téléphone ? Regarde ma belle, ça y est : la N7 s'offre à nous.

Coup de klaxon quand Hugo rechange de file sans mettre le clignotant.

Je ferme les yeux et laisse l'astre taquiner ma peau. Ça soulage, au mieux. Aucun rayon de soleil n'aura la chaleur de mon père.

Deuxième partie

L'esprit oublie toutes les souffrances
quand le chagrin a des compagnons
et que l'amitié les console.
William Shakespeare, *Le Roi Lear*

*

On roule dans la lumière, le ciel a chassé le blanc et le gris de sa palette. On sillonne une route brûlante, comme fiévreuse d'accompagner Notre Histoire. Et merde, c'est vrai que c'est beau une ville quand on la traverse, libre et sans ancrage… ni limite. Alors foncer. Rouler droit. Distendre l'unité – temps et lieu –, la détruire, tout miser sur : l'action.

– L'aventure, Joanny !!! LA seule et LA vraie ! Les vagabonds brailleurs sur un air de moteur, ouais-ouais !!!

Depuis toute môme, j'adore l'été. Je veux dire, l'été a des couleurs et des odeurs que les autres saisons doivent lui jalouser. Même un beau printemps fleuri, même un automne à feu et à sang ne peuvent rivaliser avec ces bouffées d'air cramé qui se faufilent dans l'habitacle, ce soleil qui cogne à travers le pare-brise… Les paysages bucoliques défilent et, peu à peu, apaisent cette foutue boule qui me prend pour une quille.

Du moins, je voudrais le croire. Mais je sais que c'est plus pervers que ça : le mal est fait et il est *là*, prend naissance en moi, se répand et glisse entre chacune de mes côtes pour enfanter un genre de monstre arachnoïde qui tisse son nid dans la douleur.

Pourtant je me sens mieux, dans l'ensemble. Je respire. C'est peut-être l'effet *fuite en avant.*

On vient de traverser le département 77.

– 77, c'est Seine et Marne, hein ? Vivement le 69…

J'arrête deux secondes de mordiller ma chaîne de baptême pour répondre à Hugo :

– Nan, Papa m'a appris : 77 pour toujours ce sera Londres et *No Future*.

Puis, coup d'œil à l'itinéraire :

– 69 ? Hugo, t'es sûr que tu sais où on va ?

En guise de réponse, une bouche tordue en bec de canard. Je laisse flotter mes yeux. Toutes ces palissades recouvertes de vieilles pubs défraîchies… Le musée à ciel ouvert d'une *« certaine époque »*, comme dirait Papi. Et moi au fond – comme tout le monde, sans doute –, je m'escrime naïvement à penser que la vie est sans doute plus douce par ici que chez nous, que ces villages sont figés pour l'éternité et n'existent que dans le but de flatter mon imaginaire banlieusard. Partout des décors de JT de 13 heures.

À l'entrée de certains bourgs, le temps d'un ralentissement, on assiste au deuxième effet *deux-jeunes-seuls-dans-une-Ford-Mercury*. Longs regards. Fronts plissés. Sifflements. Hugo se régale, il n'en aura jamais assez.

La répétition des paysages tranquilles invite mes pensées à batifoler ; le temps est maintenant régi par le défilement des bornes blanches et rouges.

Un tiers du parcours.

Une grosse pensée pour Papa me secoue. Lui et son paradoxe du voyageur…

– … *tout en haut du grand Canyon, Poussinette ! Comme le Duke sur son étalon, tu comprends ? Et de là-haut, je balancerai ma cravate et mon portable, pour toujours. Je te le promets, on le fera ce périple.*

– Pourquoi toujours les States, 'Pa ? Tu m'as déjà promis Venise, t'auras qu'à faire ça dans les canaux.

– Et le symbole, alors ? Remarque, t'as raison : pas besoin d'aller bien loin. Mes plus beaux voyages, je les ai faits entre le salon et ta chambre, quand tu me prenais pour Jolly Jumper.

Je mords plus fort dans ma chaîne.

Il faut que je me concentre sur d'autres images. Apprivoise ta peine ! Esquive. Imagine-toi... ce que serait ta vie dans une de ces petites villes, par exemple. Oui. Une autre vie. Loin de ta banlieue et de l'asphalte maltraité par cette :

– ... partouze de béton pour architectes lubriques !

(Sociologie urbaine façon Hugo).

– Merde. Devaient vraiment fumer de la bonne, dans les 70's.

Vivre ailleurs... Et après ?

Ouais, après. T'aurais d'autres soucis, d'autres visions, d'autres RESPONSABILITÉS. Décaler le problème n'est pas le régler. Si tu roules, là maintenant, n'oublie pas, c'est pour remédier à tout ça. Pas pour fuir.

Quoi ? Tu doutes ? T'as peur ?

Oh mon Dieu, aide-moi.

Parce que tu crois qu'il va t'aider, en plus ?!

Non... Bien sûr que non. Toi et Papa, vous condamnez absolument ce qu'on s'apprête à faire. Vengeance ou non. Chagrin ou pas. Vous...

Allez, arrête de gamberger. Protège ta raison. Tu es dans une voiture. Tu ne crains plus les orages de ce monde.

– Il n'y a aucune raison d'avoir peur, Poussinette. Tu vois, Papa conduit tout doucement et de toute façon, les éclairs ne peuvent pas nous toucher. Ils ne peuvent pas, d'accord ? On

est protégés, en voiture. On appelle ça une « cage de farfadets ». Les lutins habitent à côté du moteur et nous protègent.

J'ai six ans, je n'y crois pas du tout mais je le laisse imaginer que ça marche. Et bien sûr, sa magie opère…

… je respire. Je range ce secret millénaire aux côtés de celui de l'Arche d'Alliance – qui rend amoureux pour toujours, d'après ses dires. On n'a pas vu le même film…

Respire. Vas-y, cale tes yeux sur le bord de la route, souris à l'enseigne *SUZE* plantée de traviole sur cette vieille bâtisse, là, et respire.

Sur le tableau de bord, le portable d'Hugo vibre plus souvent que certains joujoux de Frigide Barjot.

Vasco :

- 37 appels en absence
- 12 messages non lus
- 8 messages vocaux

Une diversion : penser à autre chose.

– T'es un peu dur avec lui, non ? Sérieux, tu sais ce qu'elle représente pour lui, cette bagnole…

– Ouais : une belle-sœur envahissante. Il m'adore, mon frère. Il comprendra.

– Là, je pense que tu te goures. Je ne sais pas de quoi demain sera fait mais je sais que Vasco ne laissera pas passer ça.

Hugo dégaine son sourire *spécial dernier mot*.

– Je vais te raconter un truc. Quand on était gamins, on adorait jouer au Mille-Bornes, tous les deux. Marrant, hein ? On faisait des parties démentielles – enterrée, la PS2. Pourtant y a pas plus mauvais joueur que lui, c'est un genre de psychose à son niveau. Et forcément c'était toujours moi qui gagnais, il avait autant de chances qu'un unijambiste face à Usain Bolt. Du coup, il piquait des crises de malade. Mais on s'y remettait, encore et encore. Bon. Un beau jour, on a fait une partie et je me suis retrouvé avec les mains qu'avaient du mal à tenir toutes mes cartes tellement je gagnais, tu vois ? Il a piqué la crise de trop. Mon père lui a flanqué une rouste. On a ressorti la PS2 et enterré le jeu. Et puis l'année dernière, à Noël, je lui ai offert un Mille-Bornes. Je crois que je l'ai rarement vu aussi fier et heureux.

J'imagine parfaitement l'anecdote. Hugo garde un drôle d'air, moitié nostalgique, moitié joyeux.

***

Crissement de pneus, je sursaute : Hugo s'arrête d'un coup sur le bas-côté.

Heureusement que j'avais ma ceinture, sinon l'aventure s'arrêtait là.

– Ma belle, il y a une chose qu'on doit faire avant de continuer. Ça ne m'amuse pas, mais il faut. Suis-moi.

Avant de sortir, l'air grave brusquement, si grave, il fouille la boîte à gants.

Je sais ce qu'il a pris. C'est noir, anguleux, froid et ça n'a rien à faire entre les mains d'un jeune de 18 ans, ni de n'importe qui.

Il est déjà au milieu du champ, à une dizaine de mètres. Il m'attend. Je suis pétrifiée.

Je le rejoins, docile et déjà sous l'emprise de l'arme sombre qu'il tient dans sa main. La tache noire dans un océan de vert.

C'est réel. C'est en train d'arriver. L'arme. Ma vengeance, rédhibitoire, plus mortelle que mes mots refoulés, que ma colère latente. C'est Hugo qui la tient et il me la tend. Ce n'est plus le même Hugo, comment il fait pour changer aussi facilement de visage ?

– Tu sais ce que c'est ?

Je ne réponds pas. J'ai du mal à la regarder fixement. C'est hors réalité. Et pourtant c'est devenu la mienne. Mon cœur, pas loin de me jouer un vilain tour, revient toquer à ma bouche.

– Je veux que tu la prennes, Joanny. Je veux que tu comprennes ce que ça fait. Pour moi aussi, c'est inédit. Tu crois que je fais ça tous les week-ends ?

– J'ai pas envie.

Voix de petite fille qui refuse l'autorité. Comme ça, sans raison. J'ai pas envie.

– Joanny, tu te rends compte de ce qu'on a décidé de faire, hein ? Moi, j'y ai pensé. Très sérieusement. C'est pas un putain de jeu, ça tu le sais, on va foutre un sacré bordel. Alors regarde-moi et lis sur mes lèvres : *On va tuer un homme*, notre coupable. Je suis prêt, moi. Tu sais que je ne reculerai pas. Mais il s'agit de savoir ce qu'on fait. On risque la taule, t'as pas 18 ans mais moi si. Tu comprends ? La taule... Point final.

Je le déteste. Pour la première fois peut-être. Je le sais, tout ça ! Juste, *je refuse* de l'intégrer dans la balance. Je suis passée au-delà des principes moraux de ce système qui a liquidé mon père. L'arme qu'il me tend, comme une excroissance hideuse de son bras...

– Je sais que c'est dur, Joanny. Surréaliste, même. On n'est pas des violents, on n'a jamais touché une arme avant ça, ni toi ni moi. Mais puisqu'on va le faire, je veux que tu te rendes compte de ce que ça fait d'avoir un flingue dans la main. Comment on se sent. Parce que le moment venu...

Il me provoque, il ne lâchera pas. Ses mots font bouillir mon sang, qui pulse dans tout mon corps et vient se fracasser jusque derrière mes yeux.

Je lui arrache presque la chose.

Un autre monde, d'un coup.

C'est lourd. Pas tant que ça. Si, en fait. Mes doigts sur la crosse rugueuse. Étrange, le doigt qui épouse la gâchette avec un naturel malsain. Des siècles à jouer à faire panpan. Une tête éclate à l'intérieur de ma tête, des geysers de sang.

J'ai une arme dans la main. Je regarde partout autour de moi. Peur et honte en une mixture indigeste. Il ne me lâchera pas, Hugo aux mille visages… Impossible d'aller au fond de lui quand il lui prend d'être sérieux. Ses yeux. Ma main. L'arme.

– Maintenant, vise l'arbre là-bas et tire. Il est chargé, je crois.

Je l'implore du regard ; je ne veux pas. Ce pressentiment atroce qui me tord les tripes, comme si j'allais shooter tout ce qui compte, tout ce qui a de l'importance dans ma vie, rien qu'en pressant la détente !

Mon doigt. Tremble trop. Je ne peux pas. Je ne pourrais pas… *pourrai* pas ?

Papa.

Pardon. Je me déteste.

Papa.

Hugo, regard toujours sévère, attend. Ça ne te va pas de faire ça, Hugo. Arrête. Tu me fais mal. Arrête ! Aide-moi. Parle-moi, hurle : *TIRE !* Et je le ferai. Mais non, tu me laisses toute seule face à ça.

Je baisse le bras, laisse tomber l'arme à mes pieds. Incapable. *Il serait soulagé.* N'y pense pas. Tu sais que tu dois le faire. J'y arriverai, le moment venu. J'y arriverai.

Le moment s'efface vite, noyé dans mes sanglots entre les bras d'Hugo.

On entre dans le Loiret. On est restés un moment sans rien se dire, mais les lois de la chimie organique nous ont rattrapés : on a un besoin viscéral de se parler, de ricocher l'un sur l'autre avec des gestes, des mots, quelque chose. Je souris quand il m'annonce qu'on *vient de DÉPASSER les CENT BORNES, PUTAIN !!!* Et comme cette nouvelle a l'air de le booster à mort, il ne me laisse pas le temps de retomber dans ma mare à grimaces.

– OK, Joanny, on va fêter ça avec un petit jeu de voiture. Comme je suis persuadé que je te connais mieux que toi, tu commences. Trouve-moi *trois trucs* totalement futiles, mais qui t'énervent au plus haut point, à en devenir Miss Aigreur.

Hugo aux mille visages… L'épisode atroce n'a jamais existé, d'un coup. Je joue le jeu.

– Quel genre de trucs ?

Il me jette une œillade – la voiture fait une grosse embardée vers la gauche, il a visiblement un peu de mal à désynchroniser ses mains et ses yeux :

– Wooooops. Je sais pas moi, trois trucs. Par exemple, moi au lycée je peux pas blairer les mecs qui mettent des joggings les jours où y a pas sport. Parce que c'est tout simplement pas tolérable. Ou alors, euh… ces nénettes qui pleurnichent à *chaque* fin de DST en disant qu'elles vont se prendre une taule et qui ramassent un 16 à *chaque* fois, et qui jouent les étonnées à *chaque* fois.

– Ah oui c'est bien chiant, ça.

– Voilà, tu vois le genre de trucs, des détails qui n'ont aucune importance à partir du moment où t'as une vraie vie mais qui te soûlent tellement quand t'es coincé au lycée…

Je fais mine de réfléchir. Un coup d'œil au rétro. La totale : cernes goth et frange noir corbeau. *Noir de jais, Poussinette ! Noir de jais !* J'ai ramené mes cheveux sur un côté de mon cou et je les caresse. Je fais ça depuis toute petite, ça me repose.

– Je vois pas…

– Allez, cherche un peu, Miss Sainte-Nitouche. Tiens, encore un autre : ça me DÉBECTE de voir comment Jennifer a changé depuis qu'elle s'est fait plaquer. Je veux dire, c'était une fille plutôt fréquentable, non ? Maintenant regarde, on dirait Scrat dans *L'âge de glace*.

– Quoi ?

Il a déjà préparé le sourire qui accompagne la chute :

– Ben, elle passe son temps à courir après les glands.

Je lui accorde le point en pouffant. Ça mérite même que j'enchaîne :

– Évidemment, en cherchant bien… La purée d'hydrocarbure de la cantine ? Les chiottes des filles qui, contrairement à cet *ÉNORME* mythe que vous vous trimballez depuis le primaire, sont plus dégueu qu'une plage du Débarquement ? Ou alors les profs « tampons noteurs », ceux qui font le même cours depuis qu'ils ont eu leur diplôme… Superbe technique pour garder l'attention d'une classe de 40 : d'un côté des filles hyper-flippées qui calculent tout ce qu'elles font et de l'autre, des mecs qui passent leur temps à nous mater et, résultat, qui ne peuvent absolument pas se lever pour aller au tableau.

– La faute au jogging : la boucle est bouclée ! Le mal-être du mâle adolescent et son échec scolaire viennent de la fibre souple… C'est très logique, en fait.

Je l'écoute à peine, comme un air adoré qu'on connaît par cœur – au passage, j'enregistre tous les polaroïds que m'inspirent les paysages. Par endroits, la France des canicules mortelles prend des allures de no man's land.

Re-coup d'œil au rétro, encore. Par réflexe ? Par besoin – refoulé, tapi – de repartir en arrière ? Ou au contraire, comme une manière de m'assurer que le goudron ne s'attache pas à nos roues pour freiner notre avancée ?

Non, rien ni personne…

– Hé ho, Joanny ? Tu me réponds ? Trois bouquins à emporter sur l'île déserte que tu louerais avec Robert Pattinson ?

– Trois ? Sérieux, demande-moi de choisir trois paires de chaussures, ce sera moins dur.

– Moi, y aurait *Le blé en herbe*, obligé. C'est LE bouquin qui m'a donné envie de queuter de la Milf.

– *Milf* ? C'est quoi, du verlan pour *famille* ?

– Tu devrais mater plus de porno, ma belle. Sinon, *Les trois mousquetaires* – toujours l'aventure, Joanny !… et puis forcément, Pennac : une dédicace pour ma *fée carabine*.

Et il m'offre un clin d'œil resplendissant dans le soleil qui frappe le pare-brise. Tout content de sa dernière saillie. J'en rougirais, à vrai dire : c'est dingue à quel point il a toujours le mot juste, comme il sait…

Attends.

Ses mots, Hugo les pèse toujours. Sa langue ne fourche pas, il ne sait même pas ce que ça veut dire. Tout est contrôlé. Mon estomac fait un tour d'ascenseur tandis que je m'enlise… L'arme. Évoquer l'arme, encore… Pourquoi ?

Qu'est-ce que tu veux me dire, Hugo ? Pourquoi tu m'infliges ça ? Je le sais qu'elle est là, merde, je ne veux justement plus y penser !

Mon ange Hugo joue les démons intérieurs. Qu'est-ce que tu cherches ? Elle me terrorise, cette arme. C'est pas un jeu, ce n'est *pas* drôle, et ça ne peut *surtout pas* faire l'objet d'une blague balancée l'air de rien ! Je ne veux plus y penser. Plus y penser avant la fin de l'Odyssée.

On verra. Voilà. Si j'aurais le cran... La folie... On verra.

Papa !

Allez, concentre-toi sur autre chose. Pense, visualise, le clapotis d'une rivière, ressac immémorial des vagues, une plage paradisiaque, une chute d'eau puissante, l'eau lave tout, puissante, l'eau emporte tout ; l'eau... oh...

***

Pause pipi sur une aire paumée. Le soleil bastonne, ses rayons en veulent personnellement à notre peau. Debout, un coude contre la vitre, Hugo donne des petits coups de *Vans* dans les pneus – plus pour se la jouer expert que pour contrôler quoi que ce soit, si vous voulez mon avis. Il s'étire, offre son nombril à la poche de nature qui nous entoure.

Un pied en dehors, une fesse sur mon siège, je fouille mon sac pour la troisième fois.

– Zut, plus de mouchoirs...

– Qu'est-ce que vous avez avec ça, les nanas ? Il est très bien, leur PQ !

– Hon-hon. Plutôt crever d'un éclatement de la vessie que d'utiliser ces feuilles de papyrus immondes.

– Bon. Attends une seconde...

Et avant que j'aie pu faire un geste, Hugo se met à retourner toute la voiture. Il fourrage sous chaque fauteuil, ouvre chaque compartiment – et s'arrête brusquement en explosant de rire.

– Nan ??? Râââh, le mec !

– T'as trouvé des mouchoirs ?

– Mieux : la confirmation ultime que mon frangin est un *immense* naze.

Il ne se gausse pas : il se fout carrément de sa gueule. Avec un sourire de lézard borgne, il me tend le livre qu'il a dégotté au fond de la boîte à gants.

– Tiens : *50 nuances de Grey*. Tu sais, le « néo porno chic ». Je pense que tu en feras un usage parfait.

– Ton frère lit ça ?!

– Faut croire, entre *Auto Plus* et *France Football*... Ça flatte sa part de féminité peut-être, ou alors il espère piocher des conseils sur la sexualité des années 2 000. Tu imagines, le malheureux, il pense toujours que le banana split n'est qu'une glace qu'on sert sur des patins à roulettes... Vas-y Joanny, fais-toi plaisir : c'est un pavé, en plus.

Je finis par trouver un mouchoir et laisse Hugo se plonger dans son best-seller.

***

On a roulé encore un moment en écoutant du vieux rock jusqu'à ce que je n'en puisse plus – surtout que, comme Hugo veut absolument la jouer *old school*, on a laissé tomber la clim. OK, le côté vitres abaissées à fond est assez plaisant au début, et ça permet au vent chaud de te rouler dans le cou et tout, mais là je pense qu'on se dirige vers une fusion de nos peaux et de nos fringues...

Le soleil vire méchant et moi petite sauterelle sous une loupe sadique.

On a atteint la Nièvre.

– C'est quoi déjà, 58 ou 71 ?

– 58, Hugo ! C'est niveau primaire, ça.

On longe des cépages de vin où des milliers de tuteurs peuplent la terre, toits d'ardoise chargés de chaleur, bottes de paille en train de fumer dans des champs désertés. J'aperçois parfois des troupeaux entiers qui glanent un peu d'ombre sous l'unique arbre de leur pré. Une allée de platanes majestueux nous guide, le temps d'une partie de cache-cache stroboscopique avec le soleil.

J'ai toujours su qu'Hugo lisait dans mes pensées : mon estomac vient à peine de lancer son premier appel au secours que, déjà, nous débouchons sur le parking d'une auberge au cachet inimitable.

Pile aux *200 BORNES, PUTAIN !!!*

Une carte postale parfaite.

Vieilles pompes à essence bouffées de rouille, quelques voitures anciennes garées qui s'écartent presque pour permettre à notre Ford se glisser parmi elles. Pas dépaysée, cette fois.

Accroupi, Hugo se recoiffe dans le rétro extérieur, et moi je consulte la carte appétissante affichée sur le mur. Entre les noms des crus locaux, le logo *Coca* clignote, effet immédiat sur ma bouche desséchée.

La salle est pleine : en entrant, nous faisons chuter la moyenne d'âge d'un coup (mais elle remonte aussitôt, grâce aux deux couples de retraités qui nous talonnent).

Décor coquet et pittoresque, la nostalgie revendiquée comme un trésor de guerre. On expose sur les murs photos anciennes et outils d'époque. Cela entretient le souvenir collégial.

Un jeune roux dont le visage cramoisi lutte entre fin d'adolescence difficile et nouvelle jeunesse pleine de promesse nous accueille :

– Une table pour six ?

– Non, mon brave ! s'exclame Hugo. Contrairement aux apparences, ces messieurs-dames ne sont pas nos grands-parents. Une table pour la princesse et moi-même, et je veux votre meilleure eau pétillante !

Le prince Harry, je le note, ne me quitte pas des yeux. De son attitude, je déduis trois choses.

* C'est le fils du patron, il bosse ici tout l'été.
* D'ici un trimestre, l'achèvement de ses traitements orthodontico-dermatologiques aura fait de lui un sacré beau mec.
* Mes cuisses rosées par le soleil sont les premières qu'il voit depuis le début de la saison.

Je réatterris : Hugo est déjà en parade. Mains dans les poches, il déambule devant la clientèle avec son plus beau sourire, forçant Prince Harry à le pister à la trace. Familles, touristes, personnes âgées : ici on mange tranquillement, on parle fort, on déguste.

– Pour commencer, nous vous proposons notre buffet à volonté…

Il a une jolie voix. Ses cheveux sont abîmés par le travail en intérieur et l'huile de friteuse, et je vois bien que sous le costume de loufiat, le grain nourrisseur a été généreux, mais quand même… il est mignon. Hugo n'a pas d'yeux pour le remarquer, il n'est qu'ouïe : on dirait qu'il vient d'apprendre qu'une colonie d'*Escort girls* veut faire de lui leur mascotte.

Mimant la crise d'apoplexie imminente, voix assurée et chapardeuse :

– Un buffet ? Vous ne savez pas ce que vous faites, mon brave… les mots *buffet* et *à volonté* forment des associations lexicales dangereuses, qui légitiment l'excès !

Notre hôte reste coi.

– Oui, euh… Vous pouvez donc vous resservir autant de fois que vous voulez ; nous avons également un très beau buffet de desserts régionaux et une carte que je vous laisse consulter.

Il est tout fier de son petit speech, même ses taches de rousseur en rougissent.

– C'est Dieu qui nous a guidés jusqu'ici, Joanny. Tu sais qu'avec Vasco, on a déjà fait mettre la clé sous la porte à trois restos chinois qui avaient tenté le buffet à volonté ? Jeune homme, un bon conseil : appelez le journal local et regardez-moi faire un sort à vos harengs !

Vingt minutes plus tard, Hugo a fait trois allers retours que j'en termine seulement avec ma salade composée. Mais je dois dire, mon estomac noué se calme et se délasse encore un peu, à mesure que j'écoute Hugo me parler de parade nuptiale chez les marsouins, d'œufs durs nauséabonds et des *People* qu'il trouve le plus pathétiques. Il arrive même à trouver un lien logique entre les trois thèmes.

Je mange maintenant avec appétit. Le bruit de la salle me berce. Et cette sensation douce, *juste*, de ressentir au bon moment le bon moment, dans la grande tradition *Papa*. Savourer l'instant. Je laisse ma haine dehors, cuire au soleil sur une foutue corde à linge. *Incapable.* Préfère écouter l'écho de mes propres éclats de rire, qui me frappent en boomerang dès que je me reconnecte.

– J'y retourne ! Ensuite, je mets la NASA sur le coup et je me tape l'entrecôte.

– T'as vu les prix ? C'est pas donné, on va faire comment ? Je vais avoir du mal à faire croire que je suis en train de perdre les eaux, si c'était ça le plan…

Fourchette dressée, morceau de bœuf saignant planté dessus, il dégaine sa désormais célèbre fossette magique.

– C'est Vasco qui régale. Sa CB premium aura donc l'honnneur de sponsoriser notre périple, sans compter que je l'empêche de claquer tout son blé en tuning. Je suis un vrai saint. Mmmm, t'as vu la taille de cette escalope ?!

J'ai une pensée d'abord coupable puis amusée pour le « *greaser* » Vasco, qui a hérité du pire des meilleurs frères possibles. Avant de me rendre compte qu'il m'a imposé la N7 alors qu'on aurait très bien pu prendre l'autoroute !…

– Vise, Joanny, j'en connais un qui serait prêt à renoncer à l'héritage familial pour avoir le privilège de te faire femme…

Retour du sourire lézard : il scrute le serveur qui apporte des cafés à deux vieilles peroxydés tout en me dévorant des yeux. Je prends la ferme décision de ne pas rougir, histoire de mieux apprécier la douce chaleur qui remue mon ventre.

Vient le choix cornélien entre la tarte maison et le vacherin – Hugo refuse tout net… de trancher, et je le vois créer un embouteillage au buffet digne du viaduc de Millau. Une noble représentante de la seconde moitié du troisième âge s'adresse à sa jeunesse ravissante :

– C'est très bien ici, n'est-ce pas jeune homme ? Dites, cette mousse verte, là, c'est bon ? Vous avez goûté ?

Et lui, lancé en mode de Funès :

– Ah oui, ça c'était bon, c'était TRÈS BON. Mais alors ça par contre, ça – oui, *là*, ces espèces de lamelles mauves, vous voyez, *là* –, eh bien ça, c'était moins bon, beaucoup moins bon. Et puis ça, c'était mauvais, c'était vraiment TRÈS mauvais. Nan, c'était même VRAIMENT dégueulasse.

Il lui pose doucement une main sur l'épaule avec un air de conspirateur :

– Fuyez, madame ! Fuyez pendant qu'il en est encore temps !

J'ai honte de rire, mais ça fait un bien dingue. Tout comme la grimace d'extase qu'il m'offre, une fois qu'il a englouti des îles supposées insubmersibles sous un déluge de crème anglaise. Je comprends pourquoi sa mère fait des heures sup' chez ses patronnes…

– Bon Joanny, comment tu te sens ?

– Ailleurs. Je ne pense plus à rien, je suis juste la route qu'on dessine.

– C'est beauuu.

– Je t'emmerde.

– Et tu as raison. Continue.

– Ce que je veux dire, c'est… Ce monde-là paraît si loin de celui qui s'est crashé en vol derrière nous ! Je suis paumée. Mais c'est pas mal, parfois, de se perdre. Ça soulage. Tu comprends quelque chose à ce que je raconte ?

– Mieux que tu ne l'imagines. Tu es arrivée là exactement où je voulais t'amener, mouahaha… Alors, c'est le moment de te parler de MA faveur.

Je me penche en avant, coince une mèche derrière l'oreille.

– Quand j'étais môme, avant qu'on reparte au pays, en août, ma mère nous envoyait en colonie. Dans des jolis camps aux quatre coins de la France. J'avais déjà flirté avec la première de mes petites maladies chéries, et donc je me retrouvais toujours coincé dans le rôle du gars-qu'on-prend-en-dernier-au-foot. Je luttais trop à suivre tous ces cons qui pédalaient comme des enragés pour surtout pas finir *LA dernière des buses*, et j'avais terminé par être exempté. Résultat, je me tapais le Tour de France sur une télé pourrie pendant qu'ils faisaient la merveilleuse expérience de la vie au grand air. Tu pourrais croire que c'était un calvaire, de végéter devant des bœufs habillés en caleçon moulant qui suent sur des vélos en grimpant des côtes, sauf que… Tu vois, j'ai jamais rien compris à ce sport, mais j'avais l'impression d'être avec eux, d'en chier des pédales comme eux, et d'être sur le côté à leur beugler des encouragements.

– Et donc, tu voudrais que je… te beugle des encouragements ? C'est ça, ta faveur ?

– Et donc, si tu veux bien patienter jusqu'à l'acmé de cette histoire palpitante, je me suis toujours dit que j'adorerais *vivre une étape*. Pour l'ambiance, la caravane, les sponsors qui balancent des cadeaux à la con, la « liesse populaire » chère à Guy Lux, et puis toutes ces belles gonzesses en CDD qui saluent la France d'en bas à chaque étape. Mais comme ma mère nous envoyait systématiquement dans un bled où le feu venait tout juste d'être inventé, l'organisation du Tour et mon rêve n'ont jamais été raccord.

J'ai du mal à le croire, mais… ses yeux scintillent. Depuis qu'on se connaît lui et moi, j'estime être une sorte de sérum capable d'éliminer une partie de la dérision vitale de mon ami, et ce que je détecte dans ses pupilles, à vrai dire, m'émeut.

Il est sincère.

Hugo me scie. Mon père est entre la vie et la mort. On a volé une bagnole et on s'est taillés sur un coup de sang. En ligne de mire, on a ce « coupable » que je veux au bout de notre route et à qui je ne *peux pas* penser sans trembler de rage. Il y a eu cette arme dans ma main, son regard sévère, le silence du champ. Et toutes ces images horribles *au bout*, la déflagration, les hurlements, toute cette peur comme un grand cri sanglant... Un but. Une finalité – et lui, il appelle à l'improvisation pure. Il change d'avis, simplement. Il me prend de court.

– Je sais à quoi tu penses, Joanny. Mais, s'il te plaît, entends-moi : même si ça peut paraître bizarre, voire pire que ça, je suis *certain* que c'est le destin qui m'envoie réaliser ce putain de rêve de môme... aussi ringard soit-il, je te l'accorde.

– Je suis larguée, Hugo.

– Écoute. Le Tour passe demain par la départementale 978. Un simple petit détour, j'ai regardé, et en plus ça traverse plusieurs bleds tout mignons – dont Chatillon-en-Bazois, qui sera une ville-étape avec caravane, bals, week-end du 14-Juillet et feux d'artifice en prime. Un petit détour, et demain en fin d'après-midi on est à Nice.

– Merde, t'es vraiment sérieux en plus...

– Oui, Joan. Je suis même hyper sérieux. Parce que ça ne peut que nous faire du bien. Parce que c'est *nécessaire* pour ce qu'on veut accomplir. On n'est pas des tueurs à gages, ni toi ni moi, tu l'as bien vu. On ne peut pas foncer en ligne droite et dézinguer un mec comme si c'était un foutu contrat. À tous les coups, on flancherait – et il n'en est *pas question*, d'accord ? Parce que je n'ai *jamais* flanché. Ça ne change rien, ça ne fait rien reculer, respire, je serai toujours avec toi. Quand on y sera, j'irai jusqu'au bout, avec toi. Mais pour ça, j'ai besoin, on a besoin, de se faire au moins croire qu'on est arrivés là par accident. Qu'on n'a pas eu le choix. On le sait maintenant, que ça doit bien commencer un jour. Il s'agit de gérer les choses avec un minimum d'intelligence. Nous avons décidé du lieu, nous déciderons du moment. Tu comprends quelque chose à ce que je raconte ?

– Je... Oh, Hugo...

– De toute façon, avec ce que j'ai bouffé, j'aurais du mal à aller au bout sans me poser cette nuit. Elle est un poil lourde, leur cuisine.

Il me laisse réfléchir mais je n'ai aucun doute : il a déjà anticipé ma réponse.

Vivons, après tout. Ce sera déjà ça de fait.

Il se lève, m'embrasse sur le front et s'éloigne vers les toilettes – haussant la voix juste au moment où il passe devant une tablée de pépés :

– Tu demandes la note, ma pupuce ? Je vais me prendre ma dose. Si tu es très très gentille, je te donnerai un peu de cette poudre blanche bizarre que tu aimes tant.

Le sourire que j'affiche face à tous ces visages ridés et sidérés doit ressembler à celui du jour où j'ai oublié mon texte, à ce fameux spectacle de fin d'année...

(Jugement paternel impartial : *Tu as été géniale, Poussinette. C'est eux qui n'ont rien compris. Enfin une version du corbeau et du renard qui me botte !*)

Pendant qu'Hugo se rassoit en se plaignant de *désordres gastriques à forte nocivité pour l'entourage*, mon charmant serveur revient attirer notre attention avec l'addition et un café.

– Vous... Vous partez en vacances ? il tente – toute entreprise de drague mise à part, je le pense sincèrement curieux de savoir ce que font deux jeunes sortis d'une voiture de collection, si insolites dans son tableau habituel.

– On va…

– … accomplir un genre d'exploit national ! Ah, je peux t'assurer que t'en entendras parler, et tu pourras dire : *Je les ai rencontrés et j'ai même bien maté les seins de la fille !*

Le pauvre mec n'ose plus regarder autre chose que le bout de ses souliers.

– Mon brave, c'était très, très bon. Si tu me jures que tu peux faire aussi bien tous les jours dans ton petit paradis, je te la cède contre un euro symbolique et une nouvelle part de tarte maison. Tu verras, elle n'est pas farouche et elle a tout à apprendre.

– Hugo…!

Je me décide à riposter :

– Ce que mon ami veut dire, c'est qu'il vous trouve très attirant.

Prince Harry a un gros mouvement de recul. Beau joueur, Hugo lui adresse un clin d'œil qui tient davantage de Cristiano Ronaldo que de George Michael.

Je souris une dernière fois au prince Harry, il me salue timidement.

Le soleil du début d'après-midi est assez hargneux pour qu'Hugo commence à regretter sérieusement certains de ses choix culinaires. On titube sur le parking nappé de lumière blanche, nos semelles sont de plomb.

– Alors, qu'est-ce que tu – *BURP* – en penses ?

– Va pour la caravane du Tour. Jamais je n'aurais imaginé faire ça un jour. Mon père déteste ce truc.

– Raison de plus ! Affranchissons-nous des goûts de nos parents, de leurs choix ! C'est pas ça, grandir ? Et puis merde, quand je pense que le must de l'éclate pour notre génération, c'est de foncer à Ibiza se shooter la tronche tout l'été avec des kékés tartinés au zit-zitoun, je me dis qu'il est temps de revenir à de vraies valeurs.

On va pour remonter dans la Ford quand une voix caverneuse nous retient par le col :

– Magnifique, la Ford. 95, hein ? Hmm… Chef-lieu : Cergy-Pontoise. Les treize communes : Boisemont, Cergy, Courdimanche, Éragny, Jouy-le-Moutier, Menucourt, Neuville-sur-Oise, Osny, Pontoise, Puiseux-Pontoise, Saint-Ouen-l'Aumône, Vauréal et Maurecourt !

C'est un petit bonhomme bedonnant qui porte une casquette J-B et un polo *I Love Dubrovnic*. On se retourne comme au ralenti. Hugo a dû se péter une dizaine de vaisseaux en écarquillant les yeux. J'ai revêtu mon sourire passe-partout.

– Ça vous en bouche un coin, hein ? Moi c'est Richard, et avec Béa nous c'est 51.

– OK m'sieur, je vais être franc : vous faites un poil plus.

– Oh les jeunes, faut tout vous apprendre ?! 51 c'est la Marne, chef-lieu Châlons-en-Champagne. Nous, on a une vieille Pontiac de 1965 entièrement retapée les week-ends, et depuis la retraite on sillonne l'Europe avec. Vous allez où comme ça ?

– Nice. Désolé, je connais pas le numéro, je suis une bille en géographie.

Le visage s'arrondit encore davantage.

– Vous faites la N.7… C'est génial ! Avec Béa on l'a faite pour notre voyage de noces. Oh je vous jure bien qu'elle était mieux avant, y z'ont tout foutu en l'air. Je dis pas, on retrouve par moments l'envie de siffloter, mais quand même, ça n'a plus le même goût. Ça reste une des plus belles routes qu'on ait tracées, avec Béa. 176 villes, qu'elle traverse, 6 régions et 15 départements – oh, faut qu'vous alliez vers Roanne ! Oh, et puis aussi Aix-en-Provence. Je vous le dis, cette route c'est les vacances, notre beau pays. Franchement Béa, tu trouves pas ça formidable que des jeunes comme eux fassent ce joli bout de voyage mythique ? Même si c'était autre chose avant…

Hugo vacille sur place, c'est comme s'il s'était pris un raz de marée. Moi je suis subitement *très* fatiguée.

– C'est gentil, monsieur. En plus on va faire une étape du Tour.

– Ben, tu vois Béa ! Ça fait plaisir de voir qu'il existe encore des jeunes intéressants, qui pensent à autre chose qu'à leur fichue Plestécheune. Vous savez, j'dis pas que le monde tourne moins rond seulement à cause des jeunes paumés et des banquiers voyous, mais un bon coup de badine ou deux, de temps en temps, ça ferait pas de mal, voilà ce que je dis. Vous c'est différent, ça se voit que vous êtes des bons petits gars bien élevés. Allez, bonne route.

Je m'entends répondre :

– Bonne route, m'sieur.

Sûr qu'on est *différents*… Deux bons petits produits de notre société bien éduqués. Hugo vient de m'avouer qu'il avait inscrit le numéro de portable de Vasco partout sur le mur des chiottes avec la mention *JE SUCE POUR UN CHURROS*. Tellement délicat. Quant à moi : à chaque fois que je ferme les yeux, je me vois en train de commettre le plus abominable des gestes sur un homme dont je ne sais rien, si ce n'est qu'à lui seul il représente ce monde détraqué. La déflagration, les hurlements, le sang. *Tu y arriveras.*

Mais après tout, nous sommes adoubés par le roi Richard, pas vrai ? Alors tout va bien.

Nous reprenons la route.

***

Les paysages bourguignons. D'épaisses forêts délimitent des prés sans fin. Ces paysages vus d'en haut m'ont toujours fascinée. Papa est un dingue de Google Earth.

– *Regarde ! C'est là, exactement là, que j'ai embrassé ta maman pour la première fois. Et… Attends… Et là, dans cette petite ville, il y a un disquaire comme on n'en fait plus, juste en bord de mer…*

Retour au bitume, je secoue la tête, très fort et très vite. Hugo s'est apparemment lancé dans une grande apologie lyrique de la prise de la Bastille et de la Révolution française, grâce auxquelles, selon lui, on roule quasiment sans poids-lourds ni camions. L'insouciance délie les pédales… Allons enfants de la patrie, le jour de gloire…

Je m'arrête à l'étendard. La seule idée du sang impur et des sillons me donne la nausée.

– T'y crois, toi, au *C'était mieux avant* du roi Richard ?

J'ai eu l'impression de regarder la question chuter de la bouche d'Hugo. Attendu qu'un peu d'air ventile mon esprit saturé. Et puis :

– Là, maintenant… et compte tenu de ce que j'ai vu du haut de mes 16 ans, je dirais que ça va pas en s'améliorant. Bordel, je fais partie de tous ces nazes qui préfèrent mater un chat faire du piano sur Youtube plutôt que suivre les infos… ça me flingue.

– En même temps, on ne va pas commencer à se donner des complexes, ma belle. Tu te rends bien compte que, normalement, notre rôle serait *justement* de parvenir à se foutre de tout ça pour pouvoir apporter notre pierre à l'édifice de l'Histoire qui s'écroule ! 0 responsabilité, 100% expérience. Mon projet de vie.

La nausée revient. *Incapable*. J'essaie de ralentir ma respiration, doucement... doucement...

– Je ne sais pas pourquoi on en est arrivés là, Hugo.

– Je vais te dire un truc que Vasco me serine à longueur de journée quand je fais trop le con : *La liberté c'est comme le sexe, quand t'en abuses ça finit par ne plus rien avoir d'exceptionnel*. Bon, ça vaut ce que ça vaut venant d'un mec qu'a bien déconné aussi, et qui pense qu'Elvis est un vendeur de cuirs installé à Charenton. N'empêche...

– Hugo, tu sais pertinemment que je suis encore vierge, alors cet argument...

Et j'étouffe dans un sourire le sanglot qui menaçait.

On passe par une enfilade de villages, bourgs et lieux-dits, maisons collées les unes aux autres, beaucoup de commerces fermés, des places désertes et muettes... Amas de taches sur les cartes routières coagulant au milieu de cette nature immense, qui me rappellent l'instinct de regroupement des troupeaux.

J'ai toujours autant de questions dans la tête mais au moins, mes yeux sont ravis.

– Ce qui compte le plus dans la vie ? Ouah Poussinette, t'es rude. Hmmm, si je devais énoncer un grand principe, là maintenant, je dirais : Respecte-toi, apprivoise demain et... range ta chambre et révise.

– Nan, mais sérieux !

– Ma puce, tu me demandes ça après une heure et demie de RER coincé à côté d'un gusse qui écoutait son R'N'B bourré de vocodeur sans casque en imaginant être le parangon de la rébellion juvénile ! Mes arguments sont un peu courts, du coup – comme ma soirée, vu l'heure à laquelle je dois me lever demain pour une

énième réunion à la con. Mais d'après toi : qu'est-ce qui compte le plus, dans la vie ?

– Ne jamais oublier d'où l'on vient ?

– Pas mal, ça nous ramène à trois choses essentielles : une chanson culte de Pantera, ta jolie maman et Papi, donc il y a du vrai. Va te coucher, Poussinette. Et des fois, débranche et respire. Profite, après les occasions sont plus rares.

Merde, tu vas pas te mettre à chialer. C'est le vent. Voilà. Garde les yeux ouverts, c'est le vent.

– Papa, qu'est-ce que je dois faire ?

– De quoi est-ce que tu parles, au juste ? Mets des mots sur tes émotions. T'as quelque chose à me dire, Punkette ?

– Tu sais très bien…

– Non. Je ne sais pas. Dis-le…

– C'est trop dur, Papa. Ça fait trop peur. J'arrête pas de penser à toi. Que tu risques de… Et je VEUX PAS penser à ça, je peux pas. Il faut que j'aille au bout, d'accord ? J'ai trop mal ! Je vais le faire, Papa. JE VAIS LE FAIRE. Mais je veux pas que tu m'en veuilles, que ça casse quelque chose. Si jamais tu… Je suis ta petite fille, je veux le rester pour toujours, faut me protéger, pourquoi y a personne pour me protéger ? Pourquoi t'es là-bas… Pourquoi t'as fait ça !? C'est EUX qui t'ont fait ça. Je veux juste que ça s'arrête. Je veux que quelqu'un paie. Je veux un coupable, tu n'as RIEN fait, JE VEUX QU'ILS PAIENT POUR CE QU'ILS T'ONT FAIT. JE VEUX…

– Dis-le, alors. Regarde-toi en face et dis-le. Tu es une grande fille. Ce n'est pas un jeu, ton ami et toi le savez. Tous les jours, il y a plein de jeunes gens comme toi qui font ce genre de chose. Ça arrive dans la vraie vie. Alors dis-le.

Son regard sur mes épaules, si important.

– Je veux… t…

– Prends ton temps. Je suis ton père, je t'aime. Le reste, ce sont TES choix, TA vie.

J'ouvre les yeux en sursaut. La Marche Impériale retentit à nouveau sur le tableau de bord ; Hugo prend son sourire sadique lorsqu'il renvoie, du bout de l'index, l'appel aux ténèbres. Hugo et Vasco dans *Attrape-moi si tu peux*. Le beau paysage est toujours là, tout autour.

– Ça y est, on a passé Nevers, c'est là qu'on bifurque. D.978 direction Autun. Encore 53 bornes et le monde est à nous !

Je bâille.

– T'en fais pas un peu trop, là ?

– Jamais assez.

Il relance Queens Of The Stone Age.

INTERLUDE : VASCO & DJIB

– Putain, ça coûte un bras le péage !

– Grave. Surtout quand c'est moi qui paie.

– C'est bon, Djib, arrête de flamber ! Ta caisse est plus petite que mes pompes.

– Si tu veux, je te dépose là ?

Vasco et Djib sur l'A6.

Assis à la place du mort, Vasco teste l'étanchéité de son débardeur en le gorgeant de toute la sueur qu'il est capable de produire. Djib grince mécaniquement des dents – depuis leur départ en catastrophe, il pousse sa Fiat Panda aux mille contrôles techniques défaillants jusque dans ses derniers retranchements. Le soleil les traque avec acharnement, les colle à la longue ligne droite insipide où ils s'enlisent.

Djib pousse un long soupir.

– Pourquoi on a oublié de prendre de la flotte ?

– Pourquoi on a pris ta caisse pourrie ? Je te jure, mariner là-dedans, je le vis comme une insulte.

– Et moi, pourquoi je t'ai pas dit : *Merde, débrouille-toi avec TON frangin pourrave* ?! Non seulement notre week-end est foutu, mais en plus on n'arrivera jamais à le retrouver.

Vasco se recoiffe comme il peut dans le rétro taille ticket de bus. C'est quand même le frère d'Hugo : l'apparence toujours, ne pas snober l'imprévu.

– Allez Djib, c'est l'été, on est mieux ici qu'à zoner entre le multiplex et mon canapé. Je mets la main sur le petit bâtard, on fait les comptes et on avise. Doit y avoir la mer, pas loin ?

Djib inspire calmement, l'orage couve.

– On s'enfonce au cœur de la France, Vasco. Donc, non, Y A PAS LA MER, pas de surf, pas de filles en bikini. Juste de l'asphalte puant, des trucs morts sur la route et une journée qui va être trèèès loooongue.

– Mais nan, t'inquiète. Ça va s'arranger.

La voiture tousse ; Djib se crispe. Ce chahut-là, différent des petites quintes graisseuses auxquelles la Fiat les a maintenant habitués, est anormal.

Vasco capitule d'avance. Il connaît trop bien la mécanique pour lutter bêtement contre la peur qui remonte de ses pieds à son ventre. Djib s'affole. Encore un sursaut, il s'agrippe au volant tandis que la caisse dérape et tangue, on les double en klaxonnant. Vasco a encore l'énergie de les insulter.

Bande d'arrêt d'urgence tout offerte à la carcasse épuisée.

La Fiat Panda en voie d'extinction s'arrête net dans un ultime râle.

Vasco se prend la tête dans les mains.

Djib a buggé.

Une vilaine fumée noire leur bouche l'horizon troublé par la canicule.

Plus rien.

***

Station-service estampillée grande firme française sur une aire miteuse, idéale pour servir de décor à une mauvaise série B – avec un pompiste licencié qui désosse des automobilistes la nuit.

Les deux compères, assis sous un semblant de clim, attendent le verdict.

En vision panoramique : des voitures foncent sur l'A6, qui se charge lentement mais sûrement.

– Elle est foutue, votre tire. Faut appeler votre assurance pour voir s'y a quelque chose à faire ou pas. Moi, je veux bien l'emmener au garage le plus proche pour dépanner. Y a un coût forfaitaire de 200 euros en plus. Ce qui nous amène à… 686 euros.

Vasco étouffe. Une sensation de noyade pire que la fois où il a sauté du plus haut rocher, à Royan, et goûté au résultat de la dure loi de l'attraction conjuguée à une mauvaise technique. Djib n'a plus assez de liquide lacrymal pour verser autre chose que des insultes.

Vasco pose une main sur le bras tremblant de son pote et sort son portefeuille.

– T'inquiète, je vais… Oh putain !!!

– Quoi ?

– Oh le petit bâtard… *Caralho*, oh bordel de merde.

– Naaaaan ?

– Siiiiii. Mon CONNARD de petit frère m'a TIRÉ ma putain de CB. Je vais le tuer, merde. JE VAIS LE TUER !!! C'est MON pognon ! Que JE gagne en bossant pendant qu'il s'amuse à faire le con au lycée à presque 19 piges… MAIS MEEEERDE, je suis trop vieux pour ces conneries !!

– T'es vraiment trop con, surtout ! T'aurais pas pu t'en apercevoir au péage ?

– Oh, toi le grand diplômé, ferme-la. Sur ton compte t'as même pas de quoi me payer une mousse, alors…

Stoïque devant le numéro de duettistes, le dépanneur se gratte le crâne.

– Bon, les jeunes, j'ai du boulot. Avec ce cagnard, la mécanique en prend un bon coup, et comme les gens prennent la route sans rien faire vérifier, je vais pas m'ennuyer.

Riposte immédiate en double regard menaçant.

– Oh les jeunes, on se calme, là. Alors, qui paie ?

– C'est bon Vasco, j'vais t'avancer et tu me rembourseras.

Chuchotements :

– J'croyais que t'avais pas de thunes ? Appelle ton assurance, merde !

– J'ai PAS d'assurance, merde. Et j'ai pas de blé non plus, mais lui il le sait pas.

Reprise à voix haute :

– Dire que je suis obligé de t'avancer de la thune, putain… Ça me dépasse, Vasco. Tu sais ce que c'est toi, d'être à découvert le 15 du mois et de jongler entre une bourse ridicule et un petit boulot merdique ? TOI, t'es bien au chaud chez PAPA MAMAN. Et en plus tu bosses au black le weekend, bravo le travailleur français !

– Ouais, mais moi je me lève à 5 heures TOUS les matins depuis que j'ai 16 ans, Bill Gates. Alors, MOI J'ai peut-être pas fait 6 ans d'études supérieures, mais je taffe. Ton super CV, on le regarde encore moins que celui de mon zinc qui taffe chez *Casto* !

Légère quinte de toux du dépanneur censée les ramener à la réalité brûlante de la mi-journée.

– Faut que j'y aille, les jeunes. Qui paie ?

Déchirement pour Djib entre pulsion de fuite et inaltérable sens de l'honnêteté, sous le regard finalement désolé de Vasco – qui cherche, dans ses souvenirs de délinquance, les pires châtiments corporels à infliger à son frère.

– Laissez-nous la facture, monsieur… et la caisse. On va se démerder autrement.

– Comme vous voulez, les petits gars. Si vous changez d'avis, rappelez-moi, je reviens la prendre. Moi ça m'arrange, je palpe à chaque déplacement ! Ha ha. Allez, bon courage.

Les deux potes le saluent d'un hochement de tête qui voudrait bien se changer en coup de boule. Une fois seuls, reprise du conciliabule.

– Bon, Vasco, on fait quoi sérieux ?

– Bah, soit j'appelle mon père, il m'en met plein la tronche et je vais devoir lui dire pour Hugo et Joan. Soit Hugo retrouve la raison et…

Figure consternée de Djib.

– Bon, OK. Soit j'appelle le daron, soit on regarde ce qu'il y a de tripant à faire dans le coin et on avise après le pont. Mardi, en gros…

– Vasco… Mardi, j'ai un entretien.

– Sérieux ?

– J'suis en stress, putain !… Ce trip à Quiberon, ça devait être la piquouze qui calme. Le plus dur, c'est que je l'aimais, ma caisse. J'ai dû économiser deux étés de suite pour me la payer après le permis.

Vasco ne peut cacher un petit sourire en matant la titine au bout du rouleau. Djib la traîne depuis quatre, non, cinq piges. Trois fois fracturée, huit pneus volés, deux feintes au contrôle technique et cinq tours du monde au compteur. D'un coup, il se dresse. Refuse la fatalité.

– Allez poto, t'inquiète. Rien ne nous arrête jamais, que ce soit à Quiberon ou à… On est où, au fait ? Enfin bref, Quiberon ou pas, on va kiffer. Regarde y a un flipper *Willow*, des machines de bouffe sucrée, une supérette avec des dwichs à 10 euros, je suis sûr que l'équipe de danse folklorique du coin va venir faire un arrêt-pipi, et comme décor on a des jolis champs jaunes tout autour de nous. J'ai la 4 G sur mon phone, on peut même se mater un film. Énorme, le road trip, presque mieux que si on allait à Modesto !

Djib relève la tête, sourcil en hameçon.

– Sérieux ?

– Naaaan, putain. J'ai tellement envie de chialer que je crois que je vais m'ébouillanter le visage avec ce café de chiotte pour trouver une bonne raison de hurler.

*

Nous entrons dans le village à l'heure où tous les jeunes du monde commencent à vouloir goûter à l'extérieur.

Aujourd'hui, c'est jour de fête.

Toutes les devantures des petits commerces sont chaleureusement décorées aux couleurs de la double célébration.

– Le Tour vs Le 14-Juillet, Joanny... Le choc des Titans !!!

Difficile de savoir quel événement prime sur l'autre.

C'est mignon ici, pastoral : la départementale traverse la ville en son centre. Un cours d'eau discret coule sous un antique pont en pierre et, à travers la vitre, j'aperçois le clocher de l'église, avec sa place pavée où va se dérouler le cœur des festivités.

J'imagine à merveille mon père passer ses étés ici, les pieds dans des tongs.

À faire le marché.

– Vrai qu'elles sont belles, vos miches !

– Papa...

À lire le journal local.

– Écoute ça, y a une boulangerie qui a rouvert dans le coin. Des fois je me dis que je devrais me reconvertir.

– Papa, faut se lever à trois heures du mat' tous les jours et les croissants, ils sont pas pour toi.

À écouter des anecdotes.

– Dites, c'est une légende ou vous arrivez vraiment à faire se coucher une vache en lui prenant les cornes et en lui tournant la tête ?

À poser des questions saugrenues :

– Et vous arrivez à toutes les reconnaître, vos bêtes ?

À saluer un à un les habitants. À se faire appeler amicalement *le Parisien*, à se faire inviter à des apéros, à lever le coude pour goûter aux spécialités régionales et à donner du fil à retordre à son système digestif en mangeant pour deux à tous les repas – question de respect de l'hospitalité.

– Je n'aurais pas dû reprendre deux fois de la prune, ça me gâche un peu le goût du vin.

À se faire accepter, parce que c'est un homme simple et bon.

On traverse la bourgade en roulant au pas, cul à cul en ce record d'affluence.

Sur les trottoirs, toutes les générations se promènent et on se tape dans le dos quand on se reconnaît. Chaque fenêtre y va de sa guirlande et de son drapeau. Programme des festivités chargé, jusqu'au grand bal populaire du soir.

– Bœuf à la broooooche, méchouiiiiii…

Hugo n'arrête pas de répéter ça, langue pendante. On dirait Homer Simpson face à des donuts géants qui danseraient devant lui. Cent mètres plus loin, vitre ouverte toujours, un coude sur la portière, il offre à la ronde son salut *Reine d'Angleterre* sur fond de best of de ABBA.

En réponse : une cascade de regards étonnés, encore et toujours, pour l'éphèbe au volant d'un tel bolide et la jeune fille gothique qui l'accompagne. Le ciel bleu est une récompense.

On croise des groupes de jeunes de notre âge. Coupes de cheveux en bataille-brosse-épi, gestes électrisés, éclats de voix, tee-shirts ou débardeurs pour soulager les corps. Les moteurs pétaradants des mobylettes rivalisent en fureur avec les détonations des énormes *Mammouths* qu'on allume ici et là.

– V'LÀ LES SCHLEUS !!! hurle Hugo à deux reprises avant que je censure sa blague.

Des gendarmes toisent la Ford – d'abord aimables –, puis la plaque – plus méfiants –, puis Hugo – qui répond à leurs sourcils maintenant froncés par un grand sourire, avant de braquer vers le parking municipal.

– Gé-nial ! Supérette, stade de foot, salle des fêtes, champ de foire, camping. Tout ça dans un rayon de 300 mètres : la ville parfaite existe, Joanny !

On dirait un môme. Ses yeux brillants, si loin de ce visage sévère au milieu du champ…

N'y pense pas. Il croise quelques regards de la jeunesse locale. Ça parle beaucoup sur notre compte, même sans ouvrir la bouche. Pour certains : une invasion pleine de frime. Pour d'autres, la curiosité, des rencontres potentielles.

Il gare la Ford et la soulage d'un grand poids en bondissant comme un diable sur le goudron.

– Et voilà, Joanny ! À partir de maintenant, chaque minute est une immense bouffée d'air pur.

Planté devant nous : un vieux bonhomme en pantalon de velours, casquette à carreaux chancelant sur une tête de paillasse crasseuse. Il nous regarde comme un zébu verrait débarquer un troupeau de zèbres.

– Bonjour monsieur, on vient pour le concert de Bouba… C'est par où, s'il vous plaît ?

On se balade dans la petite ville, rapidement on en fait le tour, et on a déjà flashé sur une promenade le long du canal – le chemin est bordé de jardins bien taillés, ponctué d'écluses et mène juste au pied d'un chouette château qu'Hugo rêve déjà de visiter (*de nuit et nu*, allez savoir pourquoi…)

À trois reprises, on prend la grande rue principale côté soleil, histoire de taquiner notre taux de mélanine. Hugo s'amuse de trouver deux pizzerias dans un si petit bled, estime « satisfaisant » le quota d'artisans de viande rouge et se félicite de ne compter qu'une banque et trois agences immobilières.

On s'amuse à comparer les prix. On passe une partie de notre début de soirée à tout comparer, d'ailleurs.

Hugo :

– J'suis sûr qu'ils ont pas Internet et qu'on capte pas partout.

Ma réponse :

– Tant mieux pour eux, leurs enfants naîtront avec deux bras au lieu de trois.

Hugo :

– Oh, vise la tronche de ce mec… On lui a pas dit que c'était dangereux de faire des trucs avec sa sœur.

Ma réponse :

– Ça fait longtemps que t'as pas pris le RER en début d'aprem, toi…

Le jeu s'interrompt lorsqu'il tombe en admiration devant une vitrine alléchante :

– Mate-moi la TAILLE de ce poulet !!! Et ça : du pain avec de la viande aux dimensions de la Californie ! Ces gens ont tout compris. Je veux goûter à ça.

Je le regarde – et l'écoute – déguster sa trouvaille. Achats sponsorisés par l'ami Vasco, bien sûr. Il en ferait une jaunisse s'il voyait où passe son fric…

Nous nous posons sur le pont pour contempler à notre tour le ballet des véhicules et des visages. Au passage, Hugo a déjà lâché son « regard filet » sur quelques jeunes filles qui arpentent les petites rues… et obtenu quelques joues roses et des sourires en échange.

J'observe une famille de canards en train de patauger entre les nénuphars, le vent de début de soirée se love sur mes épaules. Je suis bien. Enfin.

***

À l'écart du petit stade, c'est dans un parc que se réunit une bonne partie de la jeunesse du coin – on a vite reconnu les mêmes odeurs de fumée que par chez nous… Hugo a voulu y aller, j'ai refusé. Un peu par frousse, beaucoup parce que je ne sais pas comment le « style Hugo » risque d'être pris dans un microcosme où les hormones ont vite tendance à bouillonner, sous le double effet de la chaleur et des divers liquides.

Direction l'église, alors. Hugo marche sur le bord d'un trottoir abîmé, les bras en équerre, imitant l'équilibriste au-dessus d'un précipice mortel. Il salue chaque patriarche en levant la main :

– Bonjour m'sieur l'maire !

Je traîne un peu derrière, me prends à rêver d'une bonne douche après tous ces kilomètres collée au cuir.

C'est là qu'on la voit.

Ensemble.

Elle avance dans notre direction, mais impossible de savoir si elle vient vraiment VERS nous. Souriante, avec à sa gauche un garçon plus jeune qui lui ressemble et à sa droite un grand blond costaud, très « correspondant allemand ».

Le pied d'Hugo ripe ; normalement c'est la chute sans fin, dans le meilleur des cas une bonne gamelle bien humiliante.

Je sais que c'est là, au cœur de ce moment muet, qu'il s'est passé quelque chose. Ça arrive, il paraît. Nous, on l'a pris de plein fouet.

Je me refais la scène.

Leurs regards se croisent, Hugo glissant déjà dans son précipice, elle pouffe par réflexe devant sa maladresse, et moi aussi ; et nos yeux se connectent. Mais Hugo est un chat, un chat aux mille visages, il se rétablit par ce que je ne peux pas appeler autrement qu'un miracle et, virevoltant dans l'air, saute sur ses pieds, se stabilise et s'écrie :

– TIIIIN-TIIIIN ! Même pas mort !

Et il la regarde de toutes ses forces. C'est une évidence, elle dégage un charme époustouflant. Pas une beauté flagrante, mais un vrai... *truc*.

Pendant toute la scène, c'est comme si Hugo me parlait dans ma tête :

– Regarde-la Joanny, elle irradie le même TRUC que toi, le même exactement !... et pourtant, vous avez rien à voir l'une avec l'autre. T'es toute fine, elle a des hanches et des cuisses... généreuses. Tu es belle, elle est mignonne. Elle a

un joli visage – nan, c'est pas un visage, c'est une bouille, voilà, un faciès poupon tout dégagé et crémeux et éblouissant, avec ses cheveux tirés en arrière, et… Oh merde, mate-moi ces yeux, on dirait deux bouts de ciel ! Ils te parlent, non ? Moi ils m'appellent. À te donner le tournis si tu t'essaies à lui soutenir le regard. Regarde sa bouche, épaisse, miam, cette fausse impression de moue alors qu'elle est faite pour sourire. Bordel, Joanny, je sens son âme sauvage qui vibre, elle m'a télescopé, happé, ligoté tout cru ! Et t'as vu cette INCROYABLE paire de…

– OK, 15-0 pour elle sur ce plan mais elle n'a pas trop de mérite, Hugo. Oui je la vois, et oui… il se passe quelque chose.

Elle marche à côté de lui, qui évolue en mode giratoire.

SMS télépathique d'urgence à mon ami :

– Referme la bouche Hugo, c'est cliché et malvenu.

Elle lui adresse un petit coup de menton taquin.

– Ça se voit que tu l'as jamais fait en vrai. Pour garder l'équilibre, faut pas y mettre les mains comme ça.

On est étonnés par son accent peu familier, mais surtout par la maturité de sa voix.

– Apprends-moi, lance Hugo avec sa bille de poisson-clown. Je m'entraîne, et cette nuit je le fais en tutu enflammé du haut du pont pour le feu d'artifice !

Effet réussi. Même le demi-frère se marre. Bonne pâte, sans aucun doute, avec des bras cylindriques d'un diamètre carrément précoce.

– Vous v'nez d'où ?

Hugo étant trop occupé à se confectionner le sourire parfait, j'enchaîne :

– Région parisienne. On se balade.

– C'est votre caisse ? Elle est chouette. J'aime bien ton tee-shirt, aussi.

Ah, la grosse langue sur fond noir plaira toujours. Pour différentes raisons. Cadeau de Papa, évidemment.

– Merci. Et vous, vous êtes d'ici ?

Elle reprend les rênes :

– Du coin. On est venus pour la fête ce soir, et pour la caravane demain. Paraît que c'est marrant. Après, y peut aussi se passer plein de choses…

Le message est assez clair. Hugo n'a pas l'habitude de ne pas diriger la danse, et je crois bien qu'en ce moment, dans la liste interminable des réparties qui viennent s'agglutiner aux portes de sa bouche, il peine à décider laquelle sera la plus pertinente. Morte de rire, je croise les bras.

Il lâche enfin sa réplique.

***

– *BON BAH À PLUS TARD* ?!? Tu te rends compte que je vais pouvoir classer cette phrase tout en haut du top 3 des phrases les plus ridicules que t'aies jamais dites ?!? *Bon bah à plus tard*, alors qu'on vient enfin de croiser le chemin de la « spéciale Hugo », et toi tu lui sors LE *Bon bah à plus tard* typique du banlieusard en vacances qui croit qu'il peut claquer des doigts pour avoir ce qu'il veut !? Nan mais je te jure : *Bon bah à plus tard* !!!

Hugo flotte assis sur une balançoire, ses orteils traînent dans le sable, ses yeux consternés ne se posent sur rien. On est à côté du parking, près d'un petit parc à roulottes qui doit être une attraction touristique singulière dans la région. Manque plus que deux chevaux, Papa, on retrouve la fille et on se casse tous les quatre à l'Ouest pour voir ce qu'il y a de nouveau à vivre.

C'est ça, rêve.

– Au moins, je pourrai pas tomber plus bas. Faut que je la retrouve, tu sais ? Tout ça a un sens. C'est pas possible autrement, ça veut dire quelque chose. J'ai toujours cru aux vraies rencontres – merde, regarde-nous. J'en suis sûr, ça a un sens ! Et puis, franchement, t'as vu…

– Oui, j'ai vu ses seins, Hugo… mais, entre nous, tu crois vraiment qu'on a le temps pour ça ? Le dépaysement, la route, c'est bien, on est en dehors de notre réalité, mais rien que de penser que je dois appeler l'hôpital, je crève de trouille. Et après… Et merde. Dès que je fais pas gaffe, je me refous dedans et je me mets à l'imaginer… Tu vois ? Putain, c'est trop dur.

Ma gorge se serre ; la main noire de la vie réelle s'amuse à me rattraper et m'étrangle. Hugo se précipite sur moi, m'entoure de ses bras.

– Oh là, oh là. Calme-toi. Respire doucement. On va suivre NOTRE voie, NOTRE instinct, d'accord ? On fait ce qu'on veut. Si ON veut se laisser guider par la beauté, ON peut. On a le droit. On les emmerde. Ça n'empêchera rien ni personne de continuer à tout foutre en l'air. Tu le sais ma belle, notre monde c'est un genre de papier buvard qui absorbe tout depuis trop longtemps, et eux c'est la tache d'encre épaisse qui salit tout. C'est leur rôle.

– Elle est naze, ta métaphore.

– On s'en fout, on fait ce qu'on veut ! Écoute. Je ne dis pas qu'il y a des gentils et des méchants, tu l'as dit toi-même, ce serait trop simple. Je sais juste que ça s'écroule à tous les étages et qu'il y a ceux qui s'accommodent de ça et ceux qu'en pâtissent. Celui qui vit dans un monde doré aujourd'hui sera peut-être notre meilleur apôtre demain, quand la grosse boule du système l'aura écrasé, cette pute.

– Je vois pas le rapport avec le fait que tu parles sérieusement de vivre une aventure amoureuse juste avant de m'accompagner pour *tuer quelqu'un*.

– Le rapport est dans la métaphore : je te propose qu'on apprenne juste à vivre sans aucun buvard. Et ON va leur faire comprendre que tache ou pas tache, ON peut vivre. On peut changer les choses. On peut leur montrer ! Et Joanny, je suis sûr que ton père va mieux.

Nos yeux se rencontrent.

– Sûr ?

– Sûr, il dit en m'embrassant le front.

Je veux y croire.

***

Il fait nuit.

Les lampions et guirlandes qui parsèment la ville escortent toutes les bonnes humeurs ambiantes vers la place de l'église pour le grand dîner rabelaisien tant attendu par Hugo. Ensuite, il n'y aura qu'un pas à faire pour danser.

Avant ça, on est repassés plusieurs fois voir la voiture, à ma demande – je me sentirais vraiment très mal s'il lui arrivait quelque chose, malgré le « blindage Ford Alamo » qui rend Hugo si confiant.

– Je t'avais dit qu'elle n'aurait rien ! Elle est verrouillée de partout, cette caisse. Là-dessus, mon frère est pire qu'un grand duc avec son compte en Suisse ! Je t'assure : tant qu'on ne fait pas la bêtise de laisser traîner les clés sur la table de la cuisine familiale, elle est inviolable.

Le plus simplement du monde, on s'est mêlés à la population. De temps en temps, un regard un peu surpris d'un adulte, et puis un haussement d'épaules – *Après tout, leurs parents ne doivent pas être bien loin* ; des vacanciers qui goûtent à la douceur estivale.

Les tablées sont impressionnantes, même si j'imagine que l'hiver, tous les volets fermés que je dénombre cachent une réalité moins festive.

– C'est une belle nuit pour manger un demi-bœuf et rencontrer son âme-sœur ! Tu crois pas, Joanny ?

Il bugge, Casanova. Et comme je le connais, à tous les coups il est persuadé de m'avoir offensée. Toujours cette stupide illusion masculine qui confond amitié et amour. Aussi forts que soient les deux sentiments. Il ne sait pas que mon plus grand rêve serait de le voir enfin heureux – *vraiment* heureux, je veux dire –, au bras de celle qu'il mérite. Je n'ai jamais désiré Hugo autrement qu'au creux de mon cou pour un de ces échanges complices qui nous construisent, et j'ai toujours su qu'il en était de même pour lui.

Les mains accrochées à une assiette bien garnie, il scrute la foule tel un suricate. À nous tous, on forme une sorte d'immense arbre généalogique, chaque branche s'offrant à la suivante en un passage de témoin flagrant sur l'évolution du monde et le renouvellement des époques. Et des modes, mon Dieu… Je souris à tous les anciens qui me rappellent Papi en mode Jacquou le Croquant, dans le chahut des grillons et le medley d'accordéons que nous propose la sono.

Hugo s'étend sur son siège et soupire d'aise.

– Tu nous verrais pas vivre dans un mobile-home, juste derrière le stade, à faire du fromage de bouc qu'on vendrait sur les marchés ?

– Moyen. Je pense que le premier *Zara* est à 50 Km, et t'oublies que t'as peur de la neige. L'hiver existe aussi ici…

– En tout cas faudra qu'on amène ton père ici, quand il…

– *S'il* va mieux. Rassure-toi, je vais pas fondre en larmes. Je cogite, tu sais. Et d'ailleurs, c'est justement ce que je me disais. Il serait ici chez lui.

– C'est partout chez nous maintenant, Joanny. Tu vas appeler l'hosto ?

– D'ici une demi-heure. L'équipe de nuit devrait pas tarder. Hugo, tu penses souvent à… après ?

Il a une expression comme je lui en vois rarement, trouble, indiscernable.

– Tu veux savoir ? J'ai presque hâte d'y être. Et en même temps, j'ai une putain de trouille. Hey ! C'est la preuve qu'on est humains, merde. Allez, bois un coup.

On décide de faire une promenade à l'écart pour digérer – lui ses excès, moi l'appréhension du coup de fil à l'hosto.

Retour sur notre parking, la Ford se pavane toujours, intacte. Autour les buissons s'agitent, des silhouettes de petite taille courent et ricanent dans les ombres des lampadaires. Plus loin, j'entends des bruits de bouteilles qui s'entrechoquent, devine des échanges de baisers furtifs. Pendant qu'Hugo contrôle la voiture d'un peu plus près, on repère un groupe de notre âge qui s'avance vers nous.

ELLE est avec eux. L'aura d'Hugo explose autant que son sourire.

Elle est accompagnée du « demi-frère » et du « correspondant ». Le reste du groupe, mixte, affiche sourires timides pour les filles et regards plus sombres pour les garçons. Je remarque un mec, looké comme on le faisait il y a trois ans chez nous, à l'air particulièrement en rogne – il dévisage Hugo avec la hargne d'un pitbull qui trouverait un renard filou en train de bouffer dans sa gamelle.

La fille me fait un geste de la main. Elle est douée : *Pour approcher un mec/une fille, séduis son/sa meilleur/e ami/e*. Les règles sont les mêmes partout !

Je m'éloigne pour téléphoner. Faites qu'ils ne me passent pas maman, faites qu'ils ne me passent pas maman. Je ne suis pas prête. Je ne…

– Hôpital René Dubos, la réanimation.

On me parle et je réponds. Je crois qu'on me parle. J'écoute, j'essaie mais impossible de me concentrer, le combiné grésille dans mon oreille, j'ai la tête qui tourne et je perçois uniquement des bribes d'horreur. *Stable, mais* ***toujours préoccupant***. Ma mère voudrait me parler. ***TOUJOURS PRÉOCCUPANT****… pour l'instant, de se prononcer… à votre mère ?…* ***TOUJOURS PRÉOCCUPANT****…*

J'écrase le téléphone entre mes doigts pour raccrocher. Il vibre dans la seconde. Je reconnais le numéro de ma mère. Battements fous de mon cœur terrifié ; à m'en crever la poitrine.

J'attends lâchement le message qu'elle laisse.

« Joan, ma chérie, je suis tellement désolée pour vous… Je suis arrivée il y a peu, je vais te rappeler… Décroche s'il te plaît, j'aimerais te parler, je… Je continuerai à t'appeler sur ce numéro, ma grande. Je t'aime. »

J'expire l'air souillé par ce stress invivable. Seule, à l'écart, je crache quelques sanglots en essayant de ne pas faire de bruit. Jusqu'au point de côté.

Face au groupe, Hugo s'est lancé dans son grand numéro de charme – là, il fait semblant d'astiquer la Ford avec son torse, montre ses biceps l'air de rien. La fille rit. C'est la seule.

Je sèche mes larmes et les rejoins. Bien sûr, il remarque aussitôt mon désarroi, mais d'un signe de tête je le dissuade de venir me consoler. J'ai passé mes bras autour de moi, ma précieuse camisole. Il fait encore au moins 25°, pourtant j'ai froid. Ça entre en moi. La crue des émotions arrive.

C'est là que mon ange prend son envol. Se fait chef d'orchestre de ma rage de survivre. Tandis que l'intro de *Girl You'll Be A Woman Soon* retentit brusquement dans tout le parking, brisant le silence et provoquant le sursaut de tout le petit groupe, je le vois, mon Hugo, droit comme une pique, sourire triomphal, ressortant par le coffre de la Ford. La sono la plus puissante du monde – merci Vasco va libérer ses décibels…

Tous les regards sont sur nous.

Quelques passants s'arrêtent, les jeunes ne cillent plus et…

… la fille est comme une môme devant la cheminée une nuit de Noël.

Il me tend une main ouverte.

Dans son regard de grand frère tendre, je suis Uma dans *Pulp Fiction* et toutes les femmes que je veux être. Bientôt une femme, oui.

Hugo commence à danser.

I love you so much, can't count all the ways
I've died for you girl and all they can say is
He's not your kind

Ses gestes sont maladroits mais si généreux, amples, si pleins de folie, il exécute sa chorégraphie et se rapproche de moi en souriant encore – un *Oh non !* résonne dans ma tête ; je n'aime pas danser, je ne veux pas, je…

They never get tired of puttin' me down
And I never know when I come around
What I'm gonna find
Don't let them make up your mind
Don't you know

Sa main toujours tendue, malicieuse et si souriante invitation.

Sa procession l'amène tout près de moi.

Sa voix dans ma tête.

Allez Joanny, Joanny…

Girl, you'll be a woman soon
Please come take my hand
Girl, you'll be a woman soon
Soon you'll need a man

Je suis paralysée. La honte, la gêne, tous les regards sur nous – mais Hugo est là, il danse pour moi, pour nous, je bois son sourire, me remémore ses mots ; ON fait ce qu'on veut, ON les emmerde, ON vivra sans buvard ; et j'adore ce morceau.

Je laisse la mélodie desserrer l'étau qui me malmène.

Je lève une main, alors…

… et dessine sur mon visage aux larmes séchées un sourire pour le remercier.

J'attrape ses doigts…

… et on danse.

I've been misunderstood for all of my life
But what they're sayin', girl, just cuts like a knife

The boy's no good
Well, I finally found what I've been looking for
But if they get the chance, they'll end it for sure
Sure they would
Baby, I've done all I could
Now it's up to you

On improvise sans réelle grâce, mais à toute force, de tout cœur. Je tourne, il virevolte, les lumières ricochent dans nos yeux, le vent goûte nos bouches et nous fait valser comme des poupées, on palpite sans se soucier du reste. Ridicules mais si heureux.

Please come take my hand
Girl, you'll be a woman soon
Soon you'll need a man

Je crois que je vole, à un moment, je veux voler et je vole, c'est aussi simple que ça. Il passe ses mains sur mes hanches, réussit un mouvement délicat – on ne fait plus qu'un. C'est si facile, on se connaît par cœur et jamais je n'ai peur de tomber sans qu'il me rattrape.

Le morceau s'arrête. Nous sommes l'un contre l'autre ; nos respirations saccadées.

Il me fait un clin d'œil.

Et puis, comme Hugo sera toujours Hugo, à peine sa respiration reprise, il court vers la Ford et bondit sur le capot. J'ai toujours peur quand il fait ce genre de chose, à cause de son poumon. Mais lui jamais. Il ouvre les bras et rugit :

– JEUNESSE DE FRANCE, je dédicace le prochain morceau à VASCO, mon frère que j'aime, mécène de notre

Big Bang improvisé ! Mon frère qui supporte votre serviteur et vaut tout l'or du monde ! Je t'aime, frangin !!! Tiens, ÉCOUTE ÇA MON POTE : c'est de la merde, OK, mais c'est la merde qu'on choisit ! Bienvenue dans la daaanse !!!

Tout est millimétré, comme d'habitude. En un timing impeccable, Michel Telo prend le relais.

Nossa, Nossa
Assim você me mata
Ai se eu te pego, ai ai se eu te pego
Delícia, delícia
Assim você me mata
Ai se eu te pego, ai ai se eu te pego

D'un bond il revient vers moi, hilare et en rythme avec l'accordéon et l'harmonica. Ses déhanchés affolent quelques filles dans l'assemblée, les regards sont atterrés, gênés, amusés, fascinés... Hugo les prend tous et nous mijote son morceau de choix.

On se remet à danser, comme deux fous, et...

Elle se détache du groupe, radieuse, tire par la main le « demi-frère » pas farouche.

– La contagion des sens ! gueule Hugo par-dessus la musique, essoufflé mais hilare.

Ils nous rejoignent. Sans dire un mot, on danse et on se sourit, bientôt rejoints par d'autres couples.

Une offrande à cette nuit d'été et à nos vies qu'on rêverait insouciantes.

On est bien une dizaine à fouler le gravier du parking transformé en bal populaire. À un moment, j'aperçois Pitbull qui grogne et s'éloigne, les poings dans les poches, suivi de sa petite meute. Tant pis pour leur gueule. ON les emmerde, et la joie collective se diffuse en nous, partenaires muets d'un instant unique.

Quand la musique s'arrête, on s'envisage, polis, comme des amis qui se découvrent.

– Allez v'nez, ça vous dit qu'on aille au bal, s'payer des binouzes ?

Proposition criée par le frangin de celle qu'Hugo ne lâche plus des yeux. C'est moi qui le tire par la main.

– Viens, on y va. Ça fait une éternité que j'ai pas dansé sur un parquet vernis.

***

Bordel, on s'est éclatés.

Impossible de dire qui nous regardait le plus nous trémousser au milieu des danseurs : les adultes qui stagnaient aux tables et trinquaient en souriant, ou les jeunes qui n'avaient pas encore franchi le pas. Arrêtez d'avoir peur, les mecs ! La peur, c'est un truc qu'on vous plante dans le crâne, c'est tout ! On peut tout faire. Dans la ferveur et l'alcool, je lâche toutes les brides et je danse, je danse.

OK, la musique sort d'une époque où je pense que c'était moins dur d'en vivre qu'aujourd'hui, mais on ne va pas se gâcher le plaisir.

Hugo a enchaîné les chorées burlesques, faisant glisser le V de la victoire devant ses yeux ou tourner les serviettes avec une bière dans chaque main… Il a même dansé *C'est bon pour le moral* avec une dame de l'âge de sa mère. Une touche. Avec un bon paquet d'allers-retours à la buvette.

Maintenant, on marche avec la fille et le demi-frère le long du canal, loin des lumières de la petite ville, sobrement guidés par la lune.

Échange des prénoms.

– Moi c'est Blanche, lui c'est Jean-Marie. C'est mon demi-frère.

Bien vu, Joan ! Fière de mon intuition, j'attends le verdict d'Hugo…

– C'est un très joli nom, Blanche. Toi par contre mec, désolé mais c'est assez à chier!

Le gars se contente de hausser les épaules, à croire que le mot *gentillesse* a été inventé exprès pour lui. Il marche moins droit que la plupart des jeunes de 15 ans à cette heure, mais il a une façon de réinventer la ligne droite à coups de ricochets assez admirable.

– Moi c'est Joan et lui c'est Hugo, mon meilleur ami.

Ma précision – volontaire – la rassure. Elle me sourit, tandis que Hugo se fend d'une petite révérence.

– Blanche, c'était une idée de la mère. Pour vous resituer le truc, le jour où je suis née, elle et son mec ont même pas voulu qu'une aide soignante noire s'occupe de moi à l'hosto. Des purs et durs, quoi. Z'ont voulu marquer le coup, alors y m'ont appelée comme ça. Marianne, ça leur serait pas venu à l'idée, on t'apprend pas ça dans *Télé Z*… Et pour le frangin… Ben voilà, quoi.

Avec Hugo, on s'échange notre regard *Bienvenue dans la 4e dimension*.

– La vache… Pas trop serré, le costume nazi qu'on vous fait porter à la maison ?

Il mime de s'attraper le col.

– T'es con, lâche-t-elle en ricanant.

Parfait, elle a déjà intégré la réplique de base. Elle me plaît, décidément.

– On vit pas avec la mère, on est des gosses de la DDASS. Elle nous a eus à 16 et 18 ans. Mon vieux à moi s'est planté avec sa meule, et son père à lui, il fait des allers-retours à la maison d'arrêt. Ben ouais beau mec, tire pas cette gueule ! Tu crois qu'elle est où, la France des JT ? Nous, on a toujours vécu en foyer ou en famille d'accueil.

– Galère ?

– Le plus chiant, intervient J-M, c'est souvent certains regards, et pas que des adultes. On traîne ça. Comme si j'étais un bon à rien à cause de là où j'ai grandi.

Il tire la langue en finissant de rouler son deux-feuilles.

– On les emmerde ! tranche sa sœur.

C'est sûr : elle me plaît.

– Et vous, pourquoi vous êtes là ? Vous allez où ?

– Eh bien, je cherche une épouse à ramener dans mon château et Joanny est la seule à me connaître assez bien pour m'aider dans cette épreuve. Maousse, le château, hein.

Je crois que s'il y avait eu un mur devant eux, ils se le seraient mangé en pleine face. Mais au fond, la diversion d'Hugo m'arrange bien… Je suis incapable de formuler une « vraie » réponse. Pourquoi on est là ?

En un flash je revois tout, à l'enfilade. Les nouvelles à la télé, mon père arrêté, mon père à l'hosto, mon père qui risque de mourir, leur faute à eux, ma rage et mon désir d'arrêter ça, de faire quelque chose, le projet d'Hugo, la bagnole de Vasco et ma main sur cette arme froide et lourde au milieu du champ… C'est drôle, je revois parfaitement le visage des policiers mais leurs paroles se perdent, seul reste le mot *ABATTU*. Discrètement, je blottis ma tête contre l'épaule d'Hugo.

Il enchaîne :

– On est en vadrouille, c'est l'été.

– Et vos parents ?

Le silence qui tombe pourrait devenir gênant s'il durait, mais Hugo a le génie de la diversion. Il leur parle de son délire du Tour de France, J-M s'avère tout excité – avec son ami hollandais, Klaas (le correspondant), dont les parents sont venus s'installer dans le coin, ils pédalent un peu le dimanche. La conversation ricoche facilement entre nous quatre. Hugo pioche dans sa boîte à vannes pour la pimenter un peu.

– Et sinon, il est sorti ici, *Terminator 2* ?

– L'est con ! balance J-M en me tendant le joint.

Je passe mon tour, Blanche tire une taffe peu franche et le donne à Hugo. Qui l'accepte sans hésiter. D'un de mes regards « Joan Wayne », je le mets en face de ses responsabilités. C'est tout ce que je peux faire, même si je le trouve vraiment inconscient… Il ne me le pardonnerait jamais, si je disais quoi que ce soit. N'empêche, j'aime pas quand il tousse.

Un flash, ces discussions sans fin avec mon père…

– D'accord, il faut bien que jeunesse se passe, Punkette. Mais si t'es trop bourrée pour rentrer, je VEUX que tu m'appelles ; et sache aussi, que dès le lendemain à l'aube, je te réveille pour un footing quel que soit ton état, compris ?

J-M est en CFA ; tous les gars de la bande qu'on a vue viennent du même groupe scolaire.

– De toute façon y a pas de boulot dans le coin. Z'ont fermé la dernière usine ça fait bien 15 ans.

– Et toi, Blanche ? demande Hugo.

– J'aime pas le collège. Je vais sûrement faire autre chose l'année prochaine.

– LE COLLÈGE ? Mais t'as pas 17 ans, toi ??

J-M éclate d'un bon gros rire :

– Les profs, y s'arrachent les cheveux avec la sœur !

Elle lui envoie son coude dans les côtes.

– T'en fais pas, moi aussi j'ai une maîtrise en redoublement.

Une réplique étonnamment gentille, de la part de mon ami si prompt à la vanne-qui-tue… et aux intentions si évidentes que je ne peux m'empêcher de la traduire mentalement par : *C'est fou comme on est faits l'un pour l'autre.*

Je suis trop heureuse pour lui.

On retourne vers l'animation. Minuit arrive, bientôt le feu d'artifice.

En approchant du petit parc qui jonche le stade où les artificiers s'affairent, on tombe nez à nez avec le groupe d'amis de Blanche. Pitbull, en première ligne, nous décoche un regard hargneux… Ses yeux sont trop rouges pour qu'on puisse espérer une discussion normale.

– Alors les Parigots, z'êtes bien chez les bouseux ? Y a pas d'bagnoles en train de flamber, ça doit vous emmerder, ça…

Avant que j'aie pu faire un geste, Hugo sort le colt :

– Alors déjà, mec, tu peux remballer ton *Parisien tête de chien*. J'habite en banlieue, et pour aller passer un aprèm à Paname, non seulement je dois choper un train à l'heure mais en plus j'ai intérêt à prévoir de la lecture pour le voyage. T'en fais pas, va : je vais pas planter mon drapeau sur ton clocher.

Incapable d'en rester là, il enchaîne :

– Cela dit, ça a ses avantages, la banlieue parisienne. Par exemple, je suis pas obligé de vider une raffinerie de pétrole pour aller acheter du pain… et j'ai l'eau courante pour me laver.

Orage… Plusieurs mains se cramponnent aux épaules du pitbull pour l'empêcher de foncer sur Hugo. Duel de regards. Les mains se cachent pour trembler, on bombe le torse.

– J'peux t'parler, Blanche ?

Il a expiré ça par les naseaux. Je reconnais l'intonation de l'ex-petit-copain-éconduit-mais-encore-épris –, elle a l'intelligence de calmer le jeu :

– Plus tard, Yvon.

Hugo grince des dents sous son sourire narquois.

– Méfie-toi, Blanche. Ce mec-là a une tronche à s'amuser avec les veaux du coin quand y a personne autour…

Retour du taureau furieux, les potes refont barrière.

– T'en fais pas… On se retrouvera.

En réponse, Hugo mime un adieu déchirant, qu'il conclut d'un uppercut oculaire à son adversaire.

Je lui broie la main :

– T'es pas sortable, toi !

Tandis qu'on s'éloigne du champ de bataille, J-M nous met au parfum. Dans la région, le gars Yvon est surnommé « l'Ampoule ». *Toujours des sales idées*, il fout un peu la merde, s'est taillé une réputation de dur parce qu'il *connaît du mauvais monde à N'vers*. Il aime bien la castagne, c'est une chose, mais surtout il deale pas mal. *Pas le mec à embrouiller, quoi.*

Naïve jusqu'au bout de mes sandales, je tombe de haut. Le dôme protecteur contre les vices citadins s'est fissuré jusqu'ici…

– Avec Blanche, il s'est pas bien comporté. Pendant un an, ç'a été « je te quitte, je te retrouve sans réels sentiments, plus pour tuer le temps ». Elle y a mis le holà, mais il est lent à la comprenette. C'est compliqué, quoi.

Blanche sourit. Elle et les gars, ça a toujours été compliqué, apparemment.

Là-dessus, J-M hèle un groupe qui passe par là et s'en va faire le con sur une mobylette trop bruyante pour être d'origine. Je remarque l'air toujours soucieux de Blanche, la tension qui agite encore mon Hugo sous son attitude bravache...

– On se pose un peu ?

Première fois que je prends les rênes.

***

– Il me revient pas, je te dis. Il a la tronche du mec frustré qu'a aucune raison de se plaindre et qui casse les couilles quand même ; l'erreur de jeunesse à la con. Tiens, je le rajoute à ma liste des « trois trucs ». Et tout en haut et en rouge, même.

Sièges rabattus, portières ouvertes, on appelle le courant d'air pour grappiller un peu de frais. Blanche est allée s'expliquer avec « l'Ampoule » ; en l'attendant, on s'échange des confidences sur fond de best of de Simon and Garfunkel.

– Je crois surtout qu'elle te plaît énormément.

– Tout ça a un sens, Joanny. J'en suis sûr.

– Pour toi, oui. Moi, je ne vois pas bien comment je m'insère dans le tableau. On n'est pas partis pour ça ! J'ai l'impression de pas faire les choses bien, on s'éloigne tellement ! Pendant ce temps-là, mon...

– Joanny, je n'oublie pas *une seule seconde* le but de tout ça, crois-moi. Mais la première étape, c'est de se laisser vivre. Et c'est une étape importante. Si t'y arrivais, rien qu'un peu, il en serait fier, tu crois pas ? Je vais te dire, le monde est déjà à nos pieds puisqu'on a échappé à son quotidien concasseur !

– Pour combien de temps ?

– Le temps qu'il faut pour se préparer à... aller plus loin. Je suis plus fort qu'hier, et toi aussi. Et on va avoir besoin de force, ma belle. N'oublie jamais que tu fais tourner le monde grâce à ton sourire, pas à tes peurs.

La voix de Papa.

– Le monde se divise en deux catégories, Poussinette : ceux qui rient et ceux qui font la tronche. Toi, tu ris.

J'apprécie le silence qui suit.

***

J'aurais dû le prévoir : sa patience a craqué comme ma volonté devant un *Sunday*.

On était dans le petit parc mal éclairé. Au loin, toujours l'allégresse, les éclats de voix et la musique. Près de nous, le chuchotis d'une rivière. Et soudain un cri :

– MAINTENANT, TU ME LÂCHES !!

Le genre qu'on espère ne jamais avoir à pousser, nous les filles.

– PUTAIN, LÂCHE-MOI !

C'est Blanche.

Je suis tétanisée ; Hugo s'est rué vers la voix.

Plaquée contre un arbre par l'Ampoule – grillé au shit –, elle se débat. Une fougue sauvage, mais le mec est costaud, et trop défoncé pour entendre quoi que ce soit. Ce connard a l'air de croire que le supplice passera mieux avec des baisers baveux dans le cou… ce qui ne fait qu'ajouter le dégoût à la terreur.

Hugo est déjà sur lui.

Chahut hargneux pour se retrouver face à face, ça s'empoigne. L'autre s'essuie la bouche, les yeux luisants.

– Casse-toi.

– Je vais te démolir, pédale.

Derrière la vague d'insultes, Blanche rajuste son teeshirt sur son soutien-gorge malmené. Elle fulmine, entre peur tenace et rage naissante.

– T'es vraiment un malade, l'Ampoule.

– Dis pas ça, Blanche, merde !… Je suis désolé, j'ai trop tisé… Allez viens on va en parler… Pardon, quoi !…

Il lui tend une main – Hugo tape violemment dedans.

– Toi le Parisien vingt dieux, j'vais t'faire bouffer tes dents.

– Je t'ai déjà dit que j'étais pas parisien. En plus, t'as vraiment un accent ridicule. Vraiment. Tu vas te retrouver avec l'Arc de Triomphe dans la bouche, mec.

Les cris ont rameuté du monde ; des jeunes, témoins inoffensifs, mais aussi des potes de l'Ampoule. Je commence à me sentir très mal. Je hais la violence.

Ah oui ?

Alors t'es partie faire quoi exactement, ma grande ?

Non, ça n'a rien à voir… Hugo ! Il se redresse pour montrer à tout le monde qu'il est prêt, qu'il n'a pas peur. Moi, j'ai peur pour lui. S'ils savaient, les autres. Blanche frissonne aussi, à ma gauche. Elle ressemble à une petite fille perdue et trahie, même si ses yeux irradient d'une haine… *antique*. On se prend la main sans y réfléchir.

– Sale pédé, avec ta caisse de pédé.

Hugo éclate de rire. Non, Hugo, arrête… Arrête !

– Meeerde alors, mais c'est l'insulte du siècle ! Pédé ? Wahou. Comment j'y ai pas pensé ? Mais pauvre con, pédé ou pas je baiserai toujours plus que toi, pine de marsouin !

Autour, ça ricane. L'Ampoule serre les poings. Orgueil et bêtise. Faire mal et blesser. Hugo, arrête, j'ai peur… J'ai la gorge qui fait mal, comme quand on a très envie de pleurer mais qu'on peut pas.

Blanche intervient :

– Ça va l'Ampoule, on t'a assez entendu. Maintenant, tu…

– Ta gueule, la PUTE ! D'façon t'es qu'une ratée ! T'es une bonne à rien qui sait pas c'qu'elle veut. Ça te fait mouiller les pédés, hein ? T'es qu'une cas soce de merde, comme ta mère. Tu m'dégoûtes, Blanche.

Hugo frappe ; vite et fort. À se fendre le poing. Son adversaire s'écroule sur les fesses en lâchant un grognement étonné. Secoue la tête. La relève, presque *content*. Se frotte le menton d'un air mauvais, pendant qu'Hugo essaie discrètement de ralentir sa respiration affolée. Et puis tout s'accélère. Tout s'envenime.

L'Ampoule se redresse, carré et massif, une montagne brusquement, et fonce. Choc. Un coup terrible au ventre ; Hugo s'effondre, le souffle coupé.

Non !

Pas le souffle !

– ARRÊTEZ ! je crie, et je chiale maintenant, je sanglote comme une merdeuse.

Blanche me presse la main, je n'arrive qu'à pleurer en me cachant la bouche. J'ai tellement peur… Hugo suffoque, personne ne remarque ce qui se passe à part moi, il s'étouffe en toussant comme un forcené, arrache à pleines poignées l'herbe sèche et il geint, mon Dieu… L'Ampoule est à nouveau sur lui – mais cette fois Blanche lâche ma main, s'interpose et le gifle. Il la repousse violemment. Et moi j'ai beau me traiter de tous les noms, impossible de bouger. Je reste là, à flipper et à chialer, la vraie connasse. *Mais bouge-toi, connasse, il va le tuer !* J'entends un :

– BASTOOOON !!! qui provient de la voix éraillée d'un plus jeune.

Les corps partout, brutaux, les râles, la peur d'en prendre une au passage. Des animaux. Hugo à genoux, et l'Ampoule qui lui envoie son tibia dans les côtes. Les cris. Un crâne rasé m'atterrit dessus, je le dégage en hurlant. Un mec se tient le nez, plissant les yeux, ça pisse le sang entre ses doigts. Impossible de respirer. Je frôle l'hystérie.

Et puis le correspondant hollandais débarque. Klass. Sa figure sévère contraste avec l'expression mi-hilare mi-furieuse des autres, y compris Jean-Marie, trop éméché pour faire la différence. Klass paraît gigantesque. Il perce la mêlée, lève à peine la main qu'il met à terre deux abrutis en train de se distribuer des petits coups de boule, puis il va droit sur l'Ampoule – l'enflure ne rigole pas et veut transformer la correction en lynchage ; Klaas fait partir son poing loin derrière lui et lui fracasse la tempe. L'Ampoule sonné, Hugo se redresse… Je respire.

La baston a tourné au pugilat, entre les deux bandes. Ça ne ressemble à rien, à vrai dire. Quelques coups fusent, atteignent une cible approximative. Le gars qui saignait du nez s'est agrippé au dos d'un autre, essaie de le mordre. Un rouquin braille de douleur après avoir balancé son poing dans un banc en métal. J-M s'en donne à cœur joie et balance des moulinets dans les visages des potes de l'Ampoule. Beaucoup de types se tiennent par le col, roulent par terre l'un sur l'autre. Seul Klass fait son effet au milieu du bordel, soigne méthodiquement quelques visages.

Avec Blanche, on s'éloigne en courant – je vois Hugo debout, en sueur, très pâle et haletant. Pas en forme du tout, mais rancunier : il lève un genou, met tout son poids dans le plat de sa Vans pour écraser l'abdomen de l'Ampoule, toujours au sol.

– La prochaine fois, vise la tête !!!

Puis il s'adosse contre un arbre et se laisse glisser en implorant la moindre bouffée d'oxygène. Je remarque sa poitrine qui se soulève par saccades.

– Vais… crever, meeerde !

Et il se marre, le con. À se demander s'il…

– QU'EST-CE QUI SE PASSE ICI ?

Tout le monde s'immobilise, d'un coup.

Moi aussi.

La voix est ferme, très rauque, dans le genre de celle du père d'Hugo. Un homme trapu et moustachu fait irruption au-dessus de la mêlée, figée de façon comique comme une partie de *Un deux trois soleil*. Quelques jeunes se relèvent en catastrophe et détalent. Le bonhomme prend son temps. Autour, les gars se redressent, lèchent leurs plaies avec des mines de gladiateurs privés de combat.

– Alors ?

Le rouquin boxeur-de-banc s'excite :

– C'est lui, m'sieur Martins ! C'est un Parisien, il a foutu la merde toute la soirée avec Blanche !

« M'sieur Martins » nous regarde, mains sur les hanches, en secouant la tête. Je voudrais protester mais l'adrénaline m'empêche encore de parler. La vraie nulle, jusqu'au bout. *Jusqu'au bout ? Et tu feras comment, avec une arme dans les mains ?*

Hugo tente le sourire.

– Ne l'écoutez pas, m'sieur. On est en vacances. Mais... Tenez, vous voyez ce jeune homme, là-bas ? Celui qui saigne de la tempe gauche. Il nous a proposé des pratiques sexuelles dégradantes contre de l'argent ! Une fortune, en plus.

– N'importe quoi ! Ils ont foutu le bordel, on vous dit !

– Oh toi Morlange, ça va. Allez, tout le monde se sépare ou j'appelle les gendarmes.

Les combattants s'éparpillent, trop heureux de s'en tirer à si bon compte. Hugo se fait aider par Monsieur Martins – *un des trois boulangers de la ville*, nous glisse J-M.

– Vous êtes portugais, pas vrai m'sieur ?

– Oui, fiston. Pourquoi ?

– Moi aussi. Tu vois Joanny, je te l'avais dit : on est partout !

– Je suis parti du pays à 16 ans, et depuis je travaille d'arrache-pied, fils. Ma place ici, je l'ai méritée, crois-moi.

– Le contraire m'eût étonné. Je t'avais dit ma belle, on a un léger problème avec la souffrance, dans mon pays... C'est mignon chez vous m'sieur, mais y a quelques mauvaises herbes quand même.

Le boulanger attend qu'Hugo ait définitivement récupéré, se fend d'un sourire sous sa moustache austère.

– Pas pire que chez vous. Peut-être qu'ici on les remarque plus, c'est tout.

Un homme bien, comme ce monde pourri en compte peu. Capable de comprendre les choses, et de voir en Hugo ce qu'il faut voir : beaucoup d'insolence et de sarcasmes, c'est sûr, mais aucune méchanceté. Il lui ébouriffe les cheveux.

– Allez retrouver vos parents, ils vont finir par s'inquiéter.

Dur retour à la réalité.

***

Au-dessus de nous, le feu d'artifice. Je dirais : *sobre mais coloré*. Hugo a le temps de débiter quatre âneries entre chaque explosion, on est juste tous les trois et on arpente le petit parc à roulottes qui me plaisait tant. Blanche rumine :

– J'en ai marre d'ici, y a rien à faire, rien à espérer.

Un flash bleu – grande salve de cris parmi la foule. Hugo fait un petit entrechat.

– Attends, c'est la belle vie à côté de chez nous ! La ville est calme, on mange bien…

Cette fois, c'est moi qui le reprends ; Papa m'a déjà fait le sermon sur la différence entre « retour à la terre » et « retour à la campagne façon vie citadine » :

– Faut imaginer ça le reste de l'année, Hugo. Le bahut en internat, 50 bornes pour aller au McDo, l'été c'est que trois mois, et après ? T'es obligé de bouger si tu veux faire des études et trouver du boulot.

Elle confirme.

– T'as raison, Joanny. Et vous n'imaginez qu'une infime partie. Enfin, ça dépend des gens, je suppose. Pour le frère c'est le paradis. Il râle de temps en temps mais ça reste un enfant de la terre, il la quitterait pour rien au monde, surtout pas pour vos villes. Moi, j'en ai marre…

Je suis décidément en confiance totale : elle m'appelle Joanny et j'aime ça. Dans le ciel, un parapluie de lumière déclenche une clameur ravie.

– Je tiendrai pas longtemps, ça c'est clair. Déjà, j'ai un tampon sur le front qui dit : *sa mère peut pas l'élever, elle profite du système, c'est des ignorants, elle sera pareille, un cas soce bon à jeter*... Je crois plus en grand-chose. Toute gamine, j'ai été placée dans une famille...

– Des salauds ?

– Ben non, même pas. Faut pas croire, y a des gens bien. La femme qui m'a recueillie, je peux te dire qu'elle m'a fait aimer la vie. On l'appelait « tata », c'est elle ma maman. J'ai des souvenirs géniaux, à se dire que la vie c'est beau et à être loin des saloperies des grands. Mais ils l'ont obligée à prendre sa retraite. Et maintenant... Bref, mon frère est dans une chouette famille, moi je fais trop la conne et je m'en fous ; j'attends le jour où je pourrai me casser, pour de bon. Peut-être que je monterai sur Paris.

Une gerbe d'or orange s'élève et redescend avec lenteur, Hugo nous encercle toutes deux de ses grands bras.

– Promets-moi que tu vas pas prendre un berger allemand et faire de la guitare Gare du Nord, hein ? Je ne *peux pas* t'imaginer avec les cheveux emmêlés et la même culotte tous les jours.

– L'est con. J'en sais rien, de ce que je ferai ! Ils veulent me réorienter ; je crois que je vais faire un C.A.P. coiffure. Mais moi, j'aurais bien aimé être sage-femme. Donner la vie à des petits bouts, ça doit être magique.

On s'installe sur un banc. Les yeux rivés sur le grand final lumineux. On parle, longtemps, de nous, de rien, du coin, du monde, je me détends à nouveau et on balance nos avis tranchés d'ado. À plusieurs reprises j'esquive la question des parents. Hugo nous fait rire en imitant sa mère et sa petite sœur.

– Vous partez demain ?

Silence équivoque.

Hugo prend alors SA décision. Il tangue un peu – sans doute que l'alcool joue un rôle dans tout ça –, inspire un coup, me jette un vague regard coupable et… lâche tout. Il lâche TOUT.

Je crois défaillir en l'écoutant exposer notre vie, ma vie, notre destin, MA VIE… *Son père, mec génial, chômage… On l'a poussé à bout tu vois, dépression, connerie, grosse connerie, un acte de désespoir… Il est à l'hôpital en ce moment, la rage, une putain de nausée à force, ce monde qui s'écrase, partout… On va le regarder brûler ce vieux monde, marre, piqué la bagnole, Nice, acheté un flingue et on VA LE FAIRE, aller jusqu'au bout, exploser le crâne, crever, arrêter tout ça, conséquences, payer…*

– Qu'au moins ça serve à quelque chose !

Qu'au moins. Ça serve.

Quelque chose.

Servi de moi.

Il s'est servi de moi ! Je me sens chuter à l'intérieur de mon corps, les dernières lueurs du bouquet final me dégueulent dessus et réactivent cette immense colère, cette nausée, je ne sais plus – je suis trop furieuse.

Je me redresse. Blanche est secouée, ses grands yeux bleus tout humides, Hugo ne fait pas le fier… Elle a l'air tellement désolée que j'ai honte, et mille fois plus mal qu'avant. Ça sort en vrac :

– COMMENT TU OSES, *PUTAIN* ? Tu crois que tu peux déballer ma vie comme ça ? On n'est pas un de tes petits jeux de merde, là ! C'est MON père !!!!

– Joanny…

– Va te faire foutre, Hugo !

Mon nom résonne encore une vingtaine de fois alors que je remonte l'allée, sans me retourner.

***

Le grand clash. Notre première fois.

Je suis une furie. Exit la Joan tétanisée, introvertie et timide. Je *lui* dois au moins ça : je suis une super nova qui détruit tous les arguments qu'on voudrait lui opposer, les dissout comme un acide puissant. Je commence chaque phrase en criant :

– Comment…

Et les termine toutes par une guillotine :

– … trahie !

Hugo a beau être un débatteur hors pair, la tempête est trop forte. Je vais jusqu'à taper à coups de poing contre son torse d'ordinaire réconfortant.

– MA VIE ! TU CROIS QUE TU AS LE DROIT D'UTILISER MA VIE ?

Je mélange tout, tourbillon de fureur et de ressentiment. Amour, amis, famille, Hugo : je vous déteste tous, parce que PERSONNE ne peut comprendre.

– … avec ta stupide faveur ! Comment j'ai pu croire que tu me prenais au sérieux ? Tu t'es bien foutu de moi. Joanny va faire sa petite crise, on va la calmer un peu… Tu me prends pour une gamine. Tu crois que je le ferai pas, hein ?!

Je suis invincible. Je suis l'arme lourde. Hugo encaisse, il serre les dents. Dans un flash de rage rouge, je réalise que je ne l'ai jamais vu comme ça. À pouvoir remarquer la boule qui obstrue sa gorge.

Blanche attend à l'écart. Je ne lui en veux pas – et même, le plus stupide dans cette histoire est que j'étais *d'accord* pour qu'elle sache. Mais pas comme ça, putain. J'aurais voulu être celle qui l'amène dans le gang. Celle qui décide de l'intégrer à notre destinée, ou non. J'avais au moins ce droit !

– ... UN PUTAIN D'ÉGOÏSTE. Ton nombril, tes vannes pourries, toujours toi, TOI, TOI !!!!!

Je pleure, simplement. Mon père me manque. Mes repères et ma vie d'avant.

– Joanny, excuse-moi.

Trois mots qui suffiraient à apaiser mon chagrin – sauf que je ne veux pas que ça s'apaise.

– Mon père c'est pareil alors, un prétexte pour échapper à la vraie réalité, celle de ta petite vie qui te terrorise, sans le moindre avenir !

– Arrête Joan, t'as pas le droit...

– SI, j'ai le droit ! J'ai tous les droits ! Mon père est entre la vie et la mort. Au nom de quoi tu t'empares de ma tristesse ? Respecte-moi !

Il se décompose. Vraiment. Je ne suis pas sûre parce que tout va trop vite, mais je crois qu'il pleure.

– Merde, nan... Joan, me balance pas ça. Tu me connais... Tu le sais, ce que tu représentes pour moi ! T'es ma seule amie, la seule que je veux. Sans toi je sers à rien. On est une famille, d'accord ? T'es un bout de mon âme ; ce qui TE touche ME touche, ce qui t'affecte ME détruit.

C'est sûr, il pleure. Et il postillonne, il tord les lèvres, il tremble, merde, il pleure de rage...

– Joan, ton père mérite ta colère. Je te comprends, je suis peut-être le seul ! Tout ça c'est légitime, pas dans l'acte mais dans le *symbole*, NOTRE PUTAIN DE REFUS !!!

Ses yeux se… chargent. Comme un revolver. Il essaie d'attraper ma main tout en haletant, je le repousse mais moins fort.

– Ce mec, dans sa villa, il sait même pas qu'on existe et qu'on crève de chagrin. Ce monde ne sait pas que ses mômes agonisent. Mais toi t'es là et t'es belle, Joan… t'es un héritage. Toi et Blanche, vous êtes cette beauté folle qui sauvera peut-être demain.

– Merde, Hugo…

– Vous êtes ça, exactement ça. Un majeur dressé contre leur monde, leur ordre. Vous êtes les valeurs qu'il faut à ce monde.

Ses larmes se décrochent en rafales, maintenant. Son cœur doit battre à cent à l'heure.

– Au mien, paumé, à celui de nos enfants, sombre… Tu incarnes ce que je veux voir en chacun. Et si, pour que ça commence à changer et qu'on comprenne qu'il faut arrêter ce système pour pouvoir enfin vivre, je dois t'aider à mettre une balle dans la tête d'un homme qui dirige d'autres hommes comme des chiffres, alors oui, je le ferai. Cette ordure ne balaiera pas notre colère en l'appelant « caricature » ou « erreur de jeunesse », je le promets.

Il ne pleure plus maintenant, mais il est à bout de souffle, il a du mal à articuler, vidé.

– JE NE PRÔNE RIEN. Ni violence, ni haine, Joan… mais je ferai ce qui doit être fait pour mettre fin à ce chaos. J'en appelle à nous pour traverser tout ça, à notre force. Je t'aime, Joanny. Excuse-moi de t'avoir blessée.

Il ravale ses larmes et me susurre à l'oreille :

– Je suis juste un con de jeune en train de tomber amoureux.

Un fou rire complètement incongru m'échappe, et je laisse mon chagrin mourir dans ses bras. On s'échange des *pardon*, *excuse-moi*, on fait nos pleureuses et c'est fou ce que ça soulage. Blanche nous rejoint. Nous nous prenons dans les bras. La chaleur de nos corps serrés fort humilie la canicule.

Hugo secoue la tête :

– Les filles, on va être obligés d'arrêter parce que vous m'excitez, là. Si l'autre naze nous voit, son veau fétiche va prendre cher…

On part dans un immense rire à trois – la Marche Impériale nous interrompt. Je sèche mes larmes en gloussant encore un peu, tandis qu'il regarde le numéro, décroche en prenant une voix de vieille dame :

– Voooui, aaaaallôôôô ?

– Hugo !

– Qui est à l'appareiiiil ?

– Petit bâtard, vous êtes où avec ma Ford ? Putain frangin, t'es mal !!

– Ah, pas de gros mots, sinon je raccroche.

– Tu sais où on galère, avec Djib ? Nan mais tu sais où on est à cause de tes conneries, enfoiré ?

– Pas à Quiberon avec les sœurs Konaté, visiblement. Je sais pas, dans un terrain vague ? Tu lui montres comment tu imites trop bien Matt Dillon dans *Outsiders*, comme quand on était gamins ?

La voix de Vasco se brise net.

– Meeerde. Ça suffit Hugo, on arrête les frais. Dis-nous où t'es. Là, on est coincés sur une aire d'autoroute merdique, on n'a pas de thunes, y a des routiers chelou qui nous matent et des vieilles putes glauques, y a même des bestioles que j'ai jamais vues…

– Vous êtes au Texas ?!!!

– Hugo, *écoute-moi*. J'ai vu les infos. Sur une 36 cm qui grésille à mort, mais j'ai tout vu. Alors réponds : vous êtes partis pour faire *quoi*, au juste ? Fais pas le con, écoute ton grand frère… et dis-moi LA VÉRITÉ, Hugo.

– Écoute ton grand frère ? *Vas-y Hugo, va chercher la balle derrière la clôture, t'en fais pas il est gentil le chien.*

– ARRÊTE DE DÉCONNER, bordel. Djib a un entretien mardi et…

– Il est engagé !

Un long hululement étrange retentit, vers le petit parc. Très strident, métallique. Tous nos sourcils se froncent. Je sais que ceux de Vasco également.

Une alarme à te faire saigner les oreilles de Beethoven.

Hugo se fige, Vasco hurle dans le portable.

– PUTAIN, C'EST MA FORD ! Qu'est ce qui se passe avec ma Ford ?!!!

On s'est tous mis à courir. Nos pas claquent sur le pavé. Des dératés affolés ; et puis, plus d'alarme. La voix de Vasco braille dans la main d'Hugo, serrée sur le portable :

– Parle-moi, Hugo ! Qu'est ce qu'elle a, ma Ford ?!

On arrive sur le parking, vannés. Hugo laisse tomber le phone, plaque ses mains sur ses genoux. Crache son poumon.

La Ford a disparu.

On nous a piqué la caisse. Et l'arme avec. Mon Dieu.

Blanche caresse tendrement le dos d'Hugo, dont la gorge siffle toujours, courbé en deux.

Je suis atterrée.

La voiture. L'arme.

À terre, sur le bitume, la voix saturée de Vasco est le seul bruit de la nuit chaude.

INTERLUDE : VASCO & DJIB

Bien plus tard.

Allongés dans l'herbe desséchée de l'aire d'autoroute, Vasco et Djib fixent les étoiles.

– Une deuxième sœur. Une deuxième petite sœur toute mignonne, qui m'aurait jamais fait chier… C'est ça que j'aurais voulu, MEEEERDE !!!

– Tu sais que si je rate mon entretien mardi, t'auras bel et bien une deuxième petite sœur. Parole !

– Hey ! Je crois que j'arrive à lire le mot *CDI* dans les étoiles, tu penses que c'est une constellation ?

– Je t'emmerde, Vasco.

Troisième partie

Si vous voulez vraiment rêver, réveillez-vous.
Daniel Pennac.

*

Là, tout de suite : l'Apocalypse. Pire que l'inquiétude la plus asphyxiante ; une sensation d'effondrement physique. À se rendre compte qu'on a la phobie d'avoir peur.

Je lâche toute une série de *Oh non, oh non, oh non…* Impossible à retenir.

On retourne la ville de fond en comble, avec l'espoir dérisoire de voir la Ford réapparaître comme par magie, intacte, un mot d'excuse sur le pare-brise :

Désolé, j'ai confondu avec la mienne.

Impossible, bien sûr.

Dire qu'elle a survécu si longtemps dans le parking de Vasco, et que dans le fin fond de la France, elle s'évapore dès sa première nuit ! Putain d'ironie du sort.

Je crève de chaud à m'agiter comme ça, à repasser dix fois dans les mêmes rues. Mais Hugo est bien décidé à tout tenter ; il a mis tous ses sens en alerte, un vrai chat, et fouille du regard chaque trou d'ombre. La Ford. La Ford. On zyeute le moindre éclat familier de sa carrosserie noire. On piste le vrombissement de son moteur, si particulier. On n'en est plus à la chercher, on la traque.

Blanche a appelé un illusoire renfort : J-M et Klaas cavalent partout et nulle part. Dans tous les coins et recoins, on enrage.

La Ford, c'est une chose, un désastre pour Vasco – le pauvre ne s'en remettra jamais. Mais moi, je ne pense qu'à l'arme. Lourde, noire. Cet ange de mort qui me terrorise, si difficile à imaginer dans ma main, si irréel, ce monstre froid que la vie m'a obligée à fréquenter… et que le destin vient de me faucher.

Je ne pense même pas aux flics, ni aux conséquences, je me dis juste qu'on a été assez cons pour laisser une arme mortelle dans une foutue boîte à gants !!! Des mômes. Des mômes dangereux et *totalement inconscients*.

On n'en est plus à savoir ce qui est mal ou non… On doit retrouver cette Ford et ce qu'elle cache, pour éviter un drame, et surtout pour reprendre la route. *Ne pense pas au drame. N'imagine pas le jeune mec bourré en train de jouer au cow-boy devant ses potes, ne pense pas à tout ça. Cherche !*

J'essaie d'intercepter le regard d'Hugo, très occupé à déglutir des rafales de :

– Oh le con oh le con oh le con oh le con …

Mais il a l'air davantage vexé que furieux. À croire qu'il ne pige rien à rien ! Et je suis triste d'admettre que c'est J-M le plus lucide :

– Bon les gars, c'est chaud. Çui qu'a fait ça doit être bin loin avec un bolide dans c'genre. Fait chier, j'voulais qu't'me laisses la conduire un chouille !

On devrait l'écouter, et considérer l'affaire comme perdue. Au lieu de ça, après avoir refait deux fois le tour de Châtillon, on emprunte une route de campagne qui grimpe et on s'en va dans la campagne, à pied.

On sait tous qui a fait le coup. Encore une idée lumineuse signée le « *Bad Boy* » du village… Blanche a ce regard si sombre, celui avec lequel elle le lapidait plus tôt. Hugo lâche des insultes traçantes bien ciblées pour se défouler, sème son chapelet d'injures à chaque pas. On marche en rang, avec la lune dans le dos, harassés par l'effort et les émotions.

Soudain, deux phares ronds et jaunes nous frappent en plein visage – j'ai sursauté si vivement que mes reins me font mal.

On la reconnaît illico. À trente mètres devant nous, immobile et ronronnante, un bison avant la charge, la Ford nous méduse de son puissant regard. Une nouvelle angoisse m'étrangle. Hugo fait un pas en avant ; le moteur s'emballe et rugit.

Blanche prend ma main, nous regardons Hugo avancer, les bras légèrement écartés, comme un gosse qui jouerait au rodéo face à un train lancé à pleine vitesse. À chacun de ses pas, une salve du moteur maltraité répond. Mécanique de la provocation bien huilée pour insuffler la peur.

Mais au jeu de la provoc, Hugo n'a ni Dieu ni Maître.

Il se plante à dix mètres d'elle et la titille à son tour : en remuant doucement ses mains de prestidigitateur, il lui intime de venir.

La Ford gronde, sursaute, s'arrête. La corrida va entrer dans son moment le plus tragique… Forcément la peur revient, triomphale, je m'efforce de l'ignorer et concentre toute mon attention sur Hugo. *Attention, Hugo… Attention !…*

Encore deux poussées de moteur, et la portière s'ouvre : l'Ampoule, ravagé par l'alcool, la colère et le shit, pose un pied au sol – gardant l'autre dans son territoire conquis.

Faites que ce con n'ait pas fouillé la Ford, pitié.

– Elle mérite même pas que, que j'la salisse avec ta gueule, ta caisse de pédé !

– Bonne feinte pour éviter d'admettre que tu te chies dessus, mon pote.

– Quand tu veux, l'Parisien !

Les garçons, à nos côtés, restent spectateurs. Une question d'honneur, j'imagine. *Honneur de macho à la con !* J-M joue à *rien n'est grave, tout est grave* et Klaas tient une pose digne de Batman juste avant le plongeon dans les noirceurs de Gotham. Nos yeux toujours gênés par les phares commencent à s'y habituer.

La situation a évolué : désormais, les deux rivaux ne sont plus séparés que par la portière ouverte.

– OK, mon pote. J'espère que t'as bien kiffé ta petite virée, ça a dû te faire bizarre de dépasser les 30 Km/h, c'était excitant, je comprends. Maintenant tu m'écoutes bien sagement et tu rentres te calmer avec tes veaux. Tu vas…

– J'parie qu't'auras jamais les couilles.

– De quoi ?

– Toi et moi. Ta caisse de pédé contre MA bagnole. On se retrouve de suite après le champ du père Louis, là-bas, et on se fait la route de la Vierge. Et on arrête de blablater pour rien.

Une suée glacée parcourt mon dos, s'attarde juste ce qu'il faut pour me détraquer tout le système nerveux. *NON. Dis-lui NON. Je ne veux pas. Pourquoi est-ce qu'il faut toujours que ça vire au cauchemar ? Fous-lui la paix toi, sale… sale plouc ! Laisse-le tranquille, merde ! Et toi aussi, Hugo ! Arrête à la fin ! Laissez-moi ! Je suis tellement fatiguée… Tellement marre de ces gens qui transforment ma vie en avalanche… Je veux juste que ça s'arrête.*

Tu parles. Il éclate de rire, Hugo ; et il a beau nous tourner le dos, je le connais trop bien pour ne pas savoir qu'il a ce visage, celui avec lequel il répondait aux *même pas cap'* de son enfance, quand il avait tant à se prouver.

– T'es sérieux, mec ? Mais qu'est-ce que j'aurais à y gagner, à ton défi à la con ?

– Tu sais très bien ! On sait tous les deux. Alors, tu t'défiles ou on y va ?

L'Ampoule pose son front contre le sien, Hugo le repousse à son tour, deux taurillons en pleine crise d'hormones. Impossible de respirer. Blanche secoue la tête.

– Alors c'est ça que tu veux ?

– Eh ouais, vingt dieux.

– Qu'on la joue à qui a les plus grosses ? Tu veux qu'on se la fasse *Fureur de vivre* ? Ha ha ha ! Pauvre naze, mais c'est que t'es un dur toi, hein !? Rien peut t'arriver, tu crains pas la mort ?

Duel de fronts, encore. Je voudrais tellement qu'Hugo dépasse tout ça. Qu'il recule et qu'il dise…

– Eh ben OK mec, c'est quand tu veux !

Oh non… Mes jambes ne sont plus que deux cotons-tiges englués dans un sol mouvant. Leurs silhouettes vacillent, deviennent floues, et revoilà les grandes eaux… Putain de gamine.

Cette fois où on discutait, Hugo et moi, affalés dans mon canapé, et j'avais dit :

– Moi, j'aime l'idée que la vie ressemble à… je sais pas, un horizon rassurant. On a hâte de voir ce qu'il y a plus loin mais on est heureux de savoir que le chemin à parcourir va être encore long.

Hugo s'était empiffré d'une poignée de M&M's avant de répondre :

– *Ouais on a tous envie de goûter une petite vie sympa… Ce qu'est juste dommage, c'est qu'on ait si souvent à la cuisiner avec les recettes des autres !*

On est en plein dedans. Comme les sons me reviennent d'un coup, le vent qui hurle et me bat les tempes, j'entends Blanche qui n'en finit pas de répéter :

– Ça sert à rien, t'as pas besoin de faire ça ! J'connais trop de gars qui s'y sont plantés… Oublie ce con ! Ça sert à rien, Hugo !

Mais c'est trop tard. La Ford Mercury ronronne déjà côte à côte avec une vieille 205 GTI – Godzilla sous le capot. Hugo baisse sa vitre, nous envoie un clin d'œil qu'il veut rassurant :

– Je contrôle tout, les filles ! J'ai deux coups d'avance.

– Tu contrôles rien, Hugo. Tu te laisses avoir par le kéké du coin alors que tu sais qu'on peut pas se permettre ce genre de connerie ! C'est trop dangereux et on a tellement plus important à faire, MERDE !

Son regard profond dans mes yeux apeurés.

– J'oublie pas, Joanny… au contraire.

Pourquoi est-ce qu'il s'entête comme ça ? Je sais qu'Hugo n'est ni un accro à l'adrénaline ni un ado qui veut jouer au plus cramé, encore moins un de ces mecs suicidaires qui ont besoin de valser avec la mort. *Ça, c'est fait*. L'idée ne devrait plus le tenter, pas le moins du monde. C'est autre chose.

Et en vérité, je sais quoi. Il éprouve l'expérience, à fond. Traverse chaque vie pour les marquer toutes de son empreinte. Il explore l'existence comme un aventurier perdu dans un monde sauvage et inconnu. Avec cette *dernière virée* rêvée, un miracle de plus, l'Ampoule va la connaître, la collision avec Planète Hugo. Intérêt d'avoir les reins solides.

Hugo a les mains sur le volant et les pieds qui tambourinent sur les pédales. Ses yeux ne quittent pas ceux de son rival.

– *Crever d'envie de vivre… et vivre à en crever !*

La route n'est pas assez large pour les deux véhicules, ses bords sont irréguliers et tapissés de graviers. Quant à la ligne droite qui se dessine à la lueur des phares, elle est longue de plusieurs centaines de mètres et je n'aime *vraiment pas* le virage serré qui conduit à une seconde ligne droite avec, de chaque côté, des clôtures de champs. Dans ma tête, le *clac* d'une nuque qui se brise. Et en point d'orgue à ce circuit improvisé par la bêtise locale, le petit promontoire, sur le bord de la route, qui donne son nom à l'épreuve. Mon estomac accidenté… Je serre mon ventre sous mes ongles, lève les yeux ; sous l'astre pâle qui sera le principal spectateur de la scène, on se croirait presque en plein jour.

Et puis merde.

Marre.

Marre d'être une spectatrice !

– OK. Si tu veux jouer à ça, je monte avec toi.

Claquement de portière, tout en me calant à la place du mort.

– Moi aussi, ajoute Blanche – je me retourne et elle est là, fière et farouche sur la banquette arrière, m'offre un sourire de fille comme un cadeau de consolation.

Hugo est complètement désemparé. Il tente bien un regard façonné pour nous dissuader, mais c'est un malin, et il comprend aussitôt que la négociation est vouée à l'échec. Pas question que je lâche. À côté de ce que ma vie est devenue, cet obstacle, *c'est rien*.

– J'arrive pas à croire qu'on va faire un truc pareil, espèce de crétin. T'as intérêt au moins à ce que les leçons de conduite de Vasco aient servi à quelque chose.

– Vous ne craignez rien, les filles...

Mais sa voix tremble, je le vois bien.

– ... j'ai grave peaufiné ma technique de voltige au-dessus des précipices !

Idiot. Je souris malgré moi – et note que son échange de regards avec Blanche a toutes les allures d'un prélude...

Alors c'est parti.

On va le faire.

Klaas reste sur le bas-côté, toujours aussi statique, et c'est J-M qui va donner le départ. À mon avis, sur deux roues ou plus, ce n'est pas leur première... Le *Trop de gars s'y sont plantés !* de Blanche vient jouer les sirènes dans mon crâne. Je déglutis lentement. Hugo est calme. Blanche, de toute la force pure de ses grands yeux, maudit notre adversaire en plantant ses doigts dans la banquette.

Les moteurs tournent plus fort.

Ça va arriver.

Ça va venir.

J'attache ma ceinture comme pour un grand voyage, calfeutrant ma respiration saccadée pour ne pas perturber Hugo – à tous les coups, il se repasse en boucle les évangiles fraternels sur le volant comme raison de vivre, la mort plutôt que le déshonneur, tous ces trucs de mecs qui les amènent à ce genre de confrontation débile.

Les moteurs n'en finissent plus de se narguer.

J-M a levé le bras droit.

Oh, Papa…

Papa, toi tu n'aimerais pas du tout ça, hein ? Sûr que tu me passerais un sacré savon…

– Punkette, bon sang !!! Je t'ai livré un cerveau dans le package ! Tu t'en sers de temps en temps ?

Sûr que tu dirais ça. Si tu pouvais. Et tu sais quoi ? Alors, je pourrais *enfin* te crier :

– TOUT ÇA EST DE TA FAUTE ! T'avais qu'à être là ! T'avais qu'à pas m'abandonner, t'avais qu'à t'accrocher un minimum. Tu POUVAIS me parler, te faire aider, réagir en ADULTE au lieu de jouer les cow-boys ! Merde Papa, comment t'as pu foirer à ce point-là ? COMMENT t'as pu me faire ça ?! Je te DÉT…

Non !

Oh non… Je m'en veux tellement, de ces pensées-là… prêtes à rugir…

Oh, mon papa, c'est atroce…

J-M baisse le bras.

Les pneus crissent, la Ford bondit, le bruit monte, monte, un cyclone dans l'habitacle. À côté : l'Ampoule, visage fermé, au coude à coude. Les flancs se heurtent plusieurs fois dans un fracas de métal, on aspire la route et face à nous le virage arrive vite, très vite, trop.

Une allure folle et mon cœur retourné – la Ford si puissante face à la mécanique trafiquée de la G.T.I., la mort au bout vorace qui se jette sur nous, toute noire… Je ne regarde *surtout pas* l'aiguille du compteur.

Alors ça a ce goût-là, le danger ? Ma bouche humide, ma glotte en ciment. La peur, la VRAIE peur de l'accident. La VRAIE peur de mourir, un long frisson fait de tous mes sanglots amalgamés. Je ferme les yeux.

Et si tout s'arrêtait dans un grand froissement de tôle ? Et si cette bêtise d'envoyer mon corps vers une mort idiote me libérait enfin du chagrin et de la colère ?

Mourir maintenant.

Maintenant.

Papa !

J'ouvre les yeux : le virage, le visage d'Hugo, son sourire crispé, la route qui s'affole encore, envie de vomir… NON ! Je veux vivre, freine, pour Papa, pour Hugo, pour voir demain ! Freine, *freine* ! Tout ce que j'ai à faire, à connaître, à goûter… Je veux pas que ça s'arrête, s'il te plaît non !… Freine Hugo, je veux demain moi, je veux ce demain si angoissant, tant pis, tant pis, et puis on verra… Freine Hugo, je veux que ça continue !

Il freine. Il pile net en fait, les pneus dérapent et l'arrière chasse. On s'accroche à tout ce qu'on peut. La G.T.I nous double dans un grand souffle d'air pour continuer tout droit, lancée à fond de train sur le virage mortel.

La Ford, à l'arrêt, peut souffler.

À travers le pare-brise, je vois la scène comme sur un écran. Calme et pétrifiée : l'Ampoule roule beaucoup trop vite, il a passé la chicane mais la direction est mauvaise et sa voiture part de travers, zigzague furieusement, mon cœur se serre quand elle se détache du sol, se *décroche*, s'envole en tonneau.

– Oh merde… laisse glisser Hugo d'une petite voix atone.

Un tonneau, puis deux, et l'engin brinquebalant revient sur ses roues. Comme si de rien n'était. Voiture morte. Cabossée, défigurée et effroyablement silencieuse.

Hugo est déjà sorti de la Ford, court aussi vite qu'il peut sur les *lieux du drame*. Blanche et moi sommes toujours immobiles quand J-M et Klaas déboulent à notre portée en criant :

– ÇA VA ?!

– VOUS N'AVEZ RIEN ?

On n'a rien.

Je regarde, atterrée, la 205 démolie. Trophée du gâchis. Une voix un peu folle répète en boucle : *Le César de la Bêtise Humaine est attribué à…*

J'entends Blanche dégringoler de la Ford et son frère la prendre dans ses bras, elle qui sanglote.

Je vois Hugo, là-bas, qui balance pieds et poings contre la portière bloquée de la 205.

Et enfin je bouge. J'inspire une grande bouffée d'air en m'extirpant de l'habitacle, rejoins les autres – on accourt à notre tour, on cogne et on tire sur la caisse, partout, sans réfléchir, enfin la portière cède et Hugo libère l'Ampoule. Le front en sang, des striures brunes sur les sourcils.

Épaulé par mon ami il chancèle, mais cela me rassure. Au moins il est vivant.

Hugo le fait asseoir. Klaas inspecte son entaille d'un air expert, *plus de peur que de mal* même si ça pisse quand même bien le sang. On est tous amassés autour de lui.

Brusquement, il s'arrache à celui qui l'a bien amoché plus tôt et gueule à Hugo :

– Putain de merde ! T'as pas d'honneur ou quoi ?!

Sa voix s'enroue, je pense qu'il est tout juste en train de comprendre qu'il est vivant et qu'il a failli mourir. Mais peut-être qu'il ne comprend rien du tout.

– Mec, tu croyais vraiment que j'allais prendre ce virage de malade avec les filles dans la caisse ? C'est une certitude, t'es trop con !

Blanche intervient :

– Tu peux marcher ou on appelle les pompiers ?

L'Ampoule secoue vivement la tête.

– Oh non, non, non, si mon père voit ça j'suis mort !… Je vais appeler un pote, il va venir m'aider, c'est bon… Oh putain, naaaan, ma caisse !!!

Il s'attarde un peu sous le regard encore inquiet – mais déjà accusateur – de Blanche, puis reprend sa voix « modèle gros con ».

– C'est bon là, cassez-vous ! T'es un lâche, l'Parisien, tu t'es défilé comme une gonzesse ! Aucune parole. J't'ai battu, c'est tout !…

Hugo lève les mains au ciel.

– Putain, mais t'es incroyable toi ! Tu vois pas que J'AI gagné ? Regarde, mec : si je retourne à ma caisse, j'ai encore le temps de prendre ce virage de merde à deux à l'heure, de rouler ici au pas et de monter à la Vierge, pépère, pendant que toi tu seras toujours en train d'essayer d'ouvrir ta portière. Je peux même le faire en moonwalk si tu veux, mais je crois que ce serait vraiment un peu trop humiliant. On en reste là ?

L'Ampoule laisse son crâne partir entre ses genoux tout tremblants. Il n'ajoute rien. Hugo non plus : *statu quo*. Comme Blanche tourne le dos à l'Ampoule, il lance un dernier regard à sa voiture déglinguée, et je devine ce qu'il se dit : cette nuit il a perdu bien plus.

Hugo lui adresse un petit salut militaire, puis on retourne tous vers la Ford. Il tape affectueusement du poing l'épaule de Klaas.

– Je t'ai même pas remercié pour l'intervention façon *Expendables* de tout à l'heure, mon pote. C'était cool.

– Pas-de-quoi.

Trois mots lâchés façon cyborg qui apprend le français. Vraiment un beau mec – adieu Prince Harry, j'ai trouvé ton digne successeur ! Je le mate un petit moment, pas trop discrète. Et je me dis que si, après tout ce barnum, je suis capable de bloquer sur les yeux verts de Klaas, c'est que les choses vont mieux.

– Et dis-moi, t'as des ristournes chez Ikéa ?

– Hugo, il est hollandais, pas suédois. T'es vraiment naze.

– C'est pareil. On est européens ou quoi !?

Il accepte le deux-feuilles de J-M et je réalise au soupir qu'il lâche qu'on est réellement passés pas loin du K.O., tout à l'heure.

Je soupire à mon tour.

***

– Oh vingt dieux, quelle soirée !

L'air totalement satisfait par le dénouement, J-M nous a salués avant de s'en aller vers d'autres aventures avec son ami. Le cours des événements reprend enfin une tournure plus classique. Et aussitôt, la fatigue sournoise comme un orage d'été me tombe dessus – je crois que mes deux compagnons n'y échappent pas non plus.

Nos échanges sont courts, on apprécie la douceur de la nuit. On respire.

– Vous avez un point de chute ?

Non, en chœur et bouche en cœur.

– Ça vous dit de dormir à la fugueuse ?

Hugo apprécie la formule.

– C'est-à-dire ?

– Il y a une grange où je vais à chaque fois que je fais une virée. L'hiver c'est un peu rude, mais l'été c'est cool, ça va nous éviter la rosée du matin. Ça vous tente ?

Dormir me tente terriblement, alors je laisse le sourire d'Hugo nous servir de réponse.

On commence par planquer la caisse histoire d'éviter les mauvais *remakes* – on ne sait jamais –, et puis Blanche nous conduit au fameux repaire. Elle nous présente le monument de vieux bois vermoulu comme un gosse nous inviterait dans sa cabane perchée au fond d'une forêt. Une échelle mène au grenier blindé de paille, qui crépite sous nos pas.

À peine entré, Hugo est chez lui : il fait le saut de l'ange dans la paille, mime un cent mètres nage libre et s'étire là-dedans, les orteils en éventail, Picsou dans sa piscine d'or.

La lumière de la lune s'incruste partout où elle peut entre les lattes de bois et nous offre un peu de clarté bleue. On se pose tous les trois contre un mont de bottes de paille, tranquillement adossés, et on reparle de la soirée. Au bout de quelques minutes, je demande :

– Et tu viens là souvent ?

– Ouais, plutôt… Je fais bien ma chieuse en ce moment, alors c'est pratique. Cet hiver c'était plus galère, j'y suis restée plusieurs fois jusqu'à trois nuits sans rentrer – le délai maximal avant de voir les gendarmes ratisser le coin. Ils me connaissent, à force. En fait, je sais bien que plus on essaiera de me faire croire que j'ai droit à une vie normale dans ces conditions anormales, plus je pousserai le bouchon. J'abuse, ma famille d'accueil ne mérite pas ça… mais j'aime pas les cages.

– Tu changes souvent de famille ?

– Nan, plus trop. Après la retraite forcée de Tata et deux-trois embrouilles avec la mère, ç'a été vraiment dur, ma vie en gros c'était descendre et remonter la Nationale 7 entre la Nièvre et l'Allier. Sans voir le frangin pendant des semaines, des fois. Du coup, je leur en ai bien fait baver.

Autre réalité. Après un petit silence, Hugo se lève :

– Bon, je vais surveiller la caisse. Et puis chercher du bois pour faire du feu.

On plonge toutes les deux :

– Quoi ?!!!

– Gnarf-gnarf ! Pas une pour rattraper l'autre. J'vais pisser, juste. Ce qui, dans mon cas, demande une certaine pratique de l'haltérophilie.

Moues consternées.

Une fois seules, on s'amuse à imaginer les pièces manquantes du ciel, au travers des larges trous qui parsèment le toit. Petit moment privilégié. C'est elle qui rompt le silence :

– Tu sais, je voudrais pas être maladroite. *(Regard).* Mais je crois pouvoir imaginer un peu ce que tu ressens… ou en tout cas, ce que tu veux.

Je la laisse continuer, un brin de paille entre les lèvres.

– Attention, je te fais pas le coup qu'on m'a fait cent fois du *T'inquiète je sais ce que c'est*, vu que personne ne peut vraiment savoir ce que tu ressens. Ça fait encore plus mal quand les gens veulent compatir alors que toi tu cherches simplement une épaule. Je sais ça.

Elle regarde droit devant elle, ses mots fusent :

– Ce que tu veux surtout pas entendre, c'est le *Moi c'est pareil* qui suit toujours. Bordel, c'est jamais pareil. On est toujours seul face à sa tristesse. Mais… moi aussi, une fois, je crois que j'ai ressenti cette rage qui te pousse à vouloir… tu sais quoi…

C'est drôle. On a la même pudeur face à l'innommable, comme des petites filles qui parleraient de sujets de grands. On respecte notre gêne respective face à ce sentiment irréversible né de l'urgence qui écrase tout. On arrive *vraiment* à se parler et à s'entendre. Alors c'est tout simple, d'un coup. J'ai envie de l'aider et je l'aide :

– Cette… rage, c'est le bon mot. Voilà. Comme pour les chiens. Cette rage qui te bouffe, le noir qui enveloppe tout, et toi tu voudrais juste hurler : *Mais laissez-moi, arrêtez rien qu'une minute de m'obliger à penser au pire, je ne veux rien, je veux juste vivre ma vie sans qu'on vienne me la bousiller*… Enfin, ce genre de truc, quoi.

– Et cette idée qu'il n'y aura plus *rien* après, que la seule chose que tu veux c'est en finir ; trouver une échappatoire, un coupable. Ou bien mourir maintenant.

– Comment ça t'est arrivé, Blanche ?

Elle se rapproche de moi, pleine de chaleur, nos voix sont protégées par l'ombre de la grange et cet épisode ne sera qu'à nous deux.

– La mère avait reperdu notre garde pour la énième fois, tu vois. Alors forcément, elle a mis des mois avant d'avoir à nouveau droit à une visite. Elle a pipeauté les juges, manipulé les éduc spé et elle y a eu droit, à son moment mère-fille. Ça a dégénéré. Beaucoup. Je te passe les détails mais elle m'avait offert un ensemble de lingerie pour me faire comprendre que maintenant j'étais une femme, « une vraie Lolita » comme elle disait. Et bien sûr son mec rôdait derrière, avec ses deux grammes dans le sang. Elle a pas bougé le petit doigt. On lui avait fait pareil, après tout. Seulement… dans la cuisine… y avait un couteau qui traînait.

Elle fixe le même vide où je me suis vue chuter, si loin du bord, une mer de noms pour baptiser la haine et s'engloutir dedans.

– Je la tenais, face à moi, avec mes rancœurs, ma nausée, ma honte d'être un jour sortie de cette mauvaise personne. Elle, la responsable de toutes mes souffrances. Toutes…

Son visage est dur, la moue proche de la rupture. Le souvenir incrusté sur la rétine ; il transforme le bleu de ses yeux en noir définitif.

– J'aurais pu, tu sais. J'aurais peut-être dû… mais nan.

Je sursaute quand Hugo revient en sifflotant *Taaaaata Yo-yoooo* avec deux sweats sous le bras. Et en douce, je prends la main de Blanche, comme pour lui chuchoter : *Viens avec moi, montre-moi comment on fait, comment on brandit la colère, comment on la fait sortir, viens avec nous.*

Elle répond à mon étreinte.

Tout à son délire de galanterie, Hugo nous enveloppe dans ce confort de coton *made in très loin, où la vie est sûrement encore pire !* On s'adosse à lui comme à un arbre, il me caresse doucement le haut du front – un truc qu'on fait toujours quand on « sieste » ensemble.

Je me sens heureuse lorsque je vois dans le regard qu'ils échangent une nouvelle avancée vers l'horizon amoureux. Fière que ces sentiments puissent aussi accompagner notre épreuve. Lui mon grand frère de cœur, succombant au charme de Blanche… Ils se méritent tellement.

Avec pudeur, Hugo attend que mes paupières congédient le monde réel pour s'en aller jouer avec elle aux jeux de l'amour et de l'ado hagard.

– L'espoir, c'est un des sentiments les plus nobles, Poussinette.
– Dans ce cas-là, j'ai le droit d'espérer que tu fasses la vaisselle, ce soir ? Ça me paraît très noble, à moi !
– Pas mal, pas mal…

Dans ma chute tendre vers l'inconscience, je les entends bouger, ombres complices. Chuchotantes. C'est leur grand moment. Et je les laisse.

***

Ils marchent doucement, dans un pré où l'herbe leur cajole les chevilles.

– Elle est chouette, Joanny. J'ai l'impression de la connaître depuis toujours.

– Ouaip, c'est l'effet Joan & Hugo, ça ! Elle me guide, mais elle croit que c'est le contraire. Ce que j'adore chez elle, c'est qu'elle est *saine* – et du même coup, c'est ce qui la rend unique à mes yeux.

– Pas comme moi, tu veux dire…

– J'ai pas dit ça, Miss Nièvre. Je me doute qu'elle est pas toujours bien dans ses baskets, mais c'est un peu le principe de l'ado je crois, passer du 70 A à un joli 85 B alors qu'hier tu sautais sur les genoux de ton père… Non, Joanny, elle vit, sans rien demander… et en donnant. C'est ça qui est magique avec elle.

– Ce qui lui arrive, ça doit être atroce.

– Atroce. Ils l'ont salie, bousillée... Enfin, la vie l'a bien fracassée, et en un rien de temps. Elle demandait rien à personne. Et d'expérience je sais qu'on *peut* croire que ça n'arrive qu'aux autres tant qu'on n'a pas pris la vague sur la tronche. Après, c'est plus possible. Sauf qu'on ne nous fera pas le coup du destin et de la fatalité. On ne se laissera pas faire. Maintenant, pour nous, c'est « personnel »...

– Ah oui ? Et vous irez au bout, tu crois ?

– On verra. C'est devenu notre refrain.

Blanche se penche en avant, et sa voix vibre avec gravité :

– Et vous avez réellement une arme ?

Hugo lui fait un sourire timide mais évite ses yeux.

– J'ai... J'ai pas vraiment envie d'en parler. Je suis pas mal à la ramasse avec tout ça, on avance pas à pas et j'improvise en fonction d'elle. Je suis là pour elle : c'est moi qui l'ai embarquée dans l'histoire, d'abord pour pas qu'elle pète un câble. Ensuite l'idée a... pris de la force. Du coup on explore, et puis avec cette soirée ça n'a pas arrangé les choses niveau embrouilles des cerveaux.

– J'y suis pour quelque chose ?

Silence convenu, elle sourit en coin, plus mignonne que jamais.

Ils ralentissent imperceptiblement.

– Et toi et Joanny, vous avez jamais...?

– Quoi ?! Ah mais naaaan !!!

– Oh, dis, t'as pas honte de faire ton dégoûté ? Elle est super jolie !

– Oui, non, mais je sais ça, seulement Joanny c'est comme ma sœur, en mille fois plus intelligente et drôle que ma vraie sœur, en fait. Je sais qu'il n'y a pas grand monde qui croit vraiment en une amitié si forte entre un garçon et une fille, mais je te jure que j'aurais l'impression de faire ça avec ma frangine. Et contrairement à ce que peuvent en penser des mecs comme ton ex, je m'sens pas très bien avec ce genre de fantasme.

– T'es crado.

– Remarque, si ma sœur était Mila Kunis… faut voir.

– Mais arrête !

Leurs rires dans l'air, et l'herbe tendre sous leurs pas.

– Et toi avec ce mec, c'est quoi le problème ? Sérieusement. Peut-être qu'avant son handicap il était vachement sympa, mais là, il bat des records…

– T'es con. Juge pas les gens aussi vite. Il a pas toujours été comme ça, figure-toi.

– Oh, le refrain pourri.

Petite tape sur l'épaule.

– Le frangin traîne un peu avec lui, vu qu'il fournit tout le coin, mais je sais qu'il a jamais trop pu le blairer… et puis, après ce soir, ce sera plus la même. Je ne veux plus le voir.

Le récent souvenir la fait frissonner.

Ils se posent sur un monticule de mousse. Il fait toujours très doux.

Face à eux, la grange et la silhouette de la Ford dans un crépuscule de conte. Autour, des prés à perte de vue. Un discret chant d'oiseau pressé d'en finir avec l'obscurité.

Ils se regardent un long moment.

Hugo se lance, il lui prend la main avec délicatesse. Sa voix est assurée mais dans son ventre l'éternelle sensation qui réchauffe vient fendiller l'armure.

– T'es tellement belle. Je te jure que j'ai pas dû ressentir un truc pareil plus de… allez, 7 ou 8 fois. Grand max.

Elle lui sourit, et il a tellement envie de l'embrasser que ça lui tire le ventre.

– T'es vraiment bête.

– Ben, tant mieux parce que toi t'es vraiment incroyable. Ça équilibre. En fait le seul truc, c'est que je me demande comment on pourrait faire disparaître cet accent bizarre.

La main de Blanche se pose sur son menton de jeune homme. D'un coup il se sent en même temps très enfant et très adulte.

– Et dis, entre deux vannes, tu comptes m'embrasser ?

Pour eux ils ont le monde, la nature aux couleurs du petit matin leur tend les bras ; mais ils préfèrent l'intimité de la Ford. Leur cocon, à l'abri de tout.

Sans céder à la précipitation, ils s'allongent sur la banquette ; comme des générations avant eux, pour découvrir l'étroitesse des sens. Ils se foutent éperdument de tous ceux-là qui les ont précédés, n'empêche qu'ils les rejoignent dans chacun de leurs gestes, dans leur intimité secrète.

Leurs yeux ne se quittent plus. Leurs souffles sont déjà un peu en avance sur ce qui arrive. Ils se cherchent. Reprendre le cours du temps, maîtriser l'instant tout en le laissant vagabonder vers l'inconnu. Partir, ensemble, vers une promesse de sensations. Ils se connaissent par cœur et ils ont tout à découvrir.

Hugo s'adonne aux plus doux des baisers, Blanche le laisse mener la danse. Confiante, ardente. Leurs mains gauches explorent sensuellement le visage de l'autre avec douceur. Leurs mains droites, elles, sont scellées, et reposent en paix, à côté des cheveux relâchés de Blanche.

Hugo tremble un peu, tout ce désir et aussi une légère appréhension inavouable… Blanche vibre, l'incite à la tendresse et violemment l'embrasse. Ils saupoudrent leurs baisers de lents, très lents sourires.

– T'en as une ? lui glisse Blanche.

– Je sais pas à quoi tu t'attendais mais, oui, je suis né avec. Ça vaut mieux, non ?

– T'es con. Une capote !

– J'ai ! T'inquiète pas. Ah oui, au fait : tu verras, je suis un cador, mais m'en veux pas si je souffle de temps en temps, d'accord ? J'ai eu des soucis avec un gros rhume.

– Message reçu.

Il lui croque le menton et susurre :

– Oh putain, j'crois bien que j'ai enfin trouvé ma voie.

– Comment ça ? elle chuchote en gémissant.

– Ben tu sais, je me suis un peu baladé d'un bord à l'autre, quoi… Ce que je voulais, c'était juste essayer de voir un joli bout d'âme et…

– Attends, t'es pédé ?!

Il s'écarte mais sans lâcher ses mains, tout en rieuse promiscuité :

– La vache, vous avez vraiment un problème avec ça par ici ! L'Ampoule, sors de ce corps et laisse-moi m'y promener…

Leurs nez se caressent. Échanges de longs baisers.

– T'as mis du temps à arriver, tu sais. J'y croyais plus, au prince charmant.

– M'a fallu le temps de lui botter le cul pour lui piquer sa place. Maintenant laisse-moi dévorer ce délicieux petit cou.

– Tais-toi et fais-moi l'amour, Hugo.

Elle l'aide, pudiquement, et avec un sourire puissant il la pénètre, tous deux arqués en une lente et même expiration. Leurs mains ne se lâchent pas, jamais. Leurs corps moites.

Hugo se veut modèle de tendresse, elle savoure chaque seconde et le dévore et s'enfuit avec lui.

Et bientôt, submergé il se réfugie dans son cou. Blanche le serre à s'en faire mal.

Leurs mains, doucement, se relâchent et se posent.

***

– Allez Punkette, lève-toi, il est tard !

– Papa, j'suis crevée…

– Ben, tu m'étonnes. Je le serais aussi si je m'étais couché à la même heure que toi. Allez, réveille-toi, t'as des trucs à faire, d'après ce que tu m'as dit – au fait, j'attends toujours que tu m'en parles…

J'ouvre les yeux.

Je l'ai senti. Si près de moi !… comme si c'était réel.

Mon réveil est plutôt agréable, vu l'état de la literie improvisée.

Je m'étire en mode « chat ankylosé ». Sueur. Bien l'impression que les éléments climatiques se sont déjà ligués pour battre les records de chaleur…

À mes côtés, Blanche dort toujours, le visage détendu, la bouche entrouverte. J'ai toujours trouvé ça fascinant, de regarder les gens dormir. Vulnérables et à la merci de tout. Loin et près à la fois. Hugo n'est pas là, j'imagine qu'il est allé reposer la lune à l'endroit où il l'avait décrochée la veille. Je crois même avoir entendu quelques-uns de ses ronflements.

– Papa, t'as ronflé comme une loutre toute la nuit !!!
– Ça ronfle, une loutre ?
– Seulement celles qui abusent de la raclette.

Blanche s'éveille. D'abord une moue contrariée, un œil qui papillonne. Le deuxième ensuite, et enfin un beau sourire. Elle s'étire à son tour.

– Salut.

– Salut.

– Bien dormi ?

J'ai malgré moi ce sourire entendu. Elle opine du chef ; on sait toutes les deux qu'on ne va pas aborder le sujet. C'était leur moment et il leur appartient, ce secret. Comme celui qu'elle a partagé avec moi. Je suis sûre qu'elle ne lui en a pas parlé. Elle n'est qu'à nous deux, cette souffrance qu'on nous a imposée, et qu'on rêverait d'abandonner sur un bord de route.

– Il est quelle heure ?

Je hausse les épaules. À voir la lumière qui règne dans la grange, on pourrait déjà être en début d'après-midi. Si on me demandait quel temps il fait, je répondrais… jaune. Ma tête bourdonne un peu, pas de vrai mal de crâne mais je suis encore embrumée. Notre refuge a parfaitement joué son rôle.

Hugo pousse la porte de la grange, il porte un gros sachet de viennoiseries sur ses deux mains ouvertes en plateau. C'est toujours le même, beau et impeccable, bien que ses cheveux soient cruellement privés de gel et ses yeux légèrement marqués par la fatigue ; il met Narcisse à ses pieds et la vie glisse sur sa peau imberbe sans pouvoir s'y accrocher. Un joli réservoir de vannes cliché, cette peau-là :

– *Un Portugais sans poils ! Tu sais que le gouvernement me traque et veut me foutre dans un labo ?*

Il approche et – pour ne pas avoir à choisir, je pense –, il s'assoit entre nous, ouvre son coffre aux trésors.

– Je suis allé les acheter chez Monsieur Martins. On a causé un peu, super sympa le gars. Paraît que cette nuit, Yvon Morlange a eu un accident à cause d'un sanglier qui lui a coupé la route, vous imaginez le truc ? C'est vraiment con un sanglier, dis donc. J'ai aussi acheté du déo et du dentifrice, on doit avoir des haleines de poney.

– C'est mignon, un poney ! souligne Blanche.

– Ouais, tant que ça traverse pas la route devant Yvon Morlange. Mais… sérieux ? « Yvon » ? C'est quoi votre problème ici, vous avez pas le même calendrier que chez nous ? Je demande pas à avoir que des Léa et des Léo, mais quand même…

J'éclate de rire, entre deux énormes bouchées de pain au chocolat. À chaque fois que je croque, les arômes de la barre sucrée se mélangent au grésillement de la pâte et me renvoient illico ailleurs – mes p'tits dèj *Papa, Maman* & *Poussinette* d'avant.

Blanche s'étend sur la paille, réserve le même sort à un croissant.

Je me demande ce qu'ils ressentent. Je veux dire, ils sont les mêmes mais tout est différent maintenant. Est-ce que c'est mieux ? Est-ce qu'après avoir fait l'amour, ils se connaissent vraiment plus ? Ou… est-ce qu'on n'est pas finalement un peu déçu, d'avoir vécu LE moment qu'on attendait tant ? Il est parti, voilà, fini… Dans le désir, l'excitation, le fantasme et les doutes. Un matin de Noël où la magie ne serait plus la même. Ils ont l'air épanoui et heureux, mais j'ai vu tant de sourires devenir davantage des réflexes que de vraies attentions... J'imagine que je verrai bien quand ce sera mon tour. Non pas que je sois complètement dupe ou naïve, j'ai déjà approché cet instant... mais j'ai préféré attendre. Le bon.

Et alors, tu vas passer ta vie à attendre qu'elle commence ?

Et alors pourquoi tu fais tout ça, hein ?

Tu ferais mieux D'ATTENDRE que les choses s'arrangent...

Attendre un coup de fil de l'hôpital...

Attendre qu'il m...

Certains jours, Hugo me dit que je suis bête de me prendre autant la tête – et d'autres jours il me dit tout le contraire, que j'ai vraiment raison, que c'est louable (avant d'ajouter quand même que, si j'attends trop, je serai vierge à son mariage, ce qui « serait dommage ». Entre nous, le mariage en question me semble malgré tout avoir peu de chances d'arriver). On verra.

– OK les filles, petit topo. Il est midi et quart, on a raté la caravane et l'étape passe dans une heure, après ils rouvriront la départementale. J'ai croisé ton frangin qui en revenait : il était comme un fou, ridicule avec son maillot à pois et sa main en plastique géante, mais il m'a bien confirmé que les cyclistes sentaient vraiment fort et que les filles étaient vraiment bonnes. Bref, la totale. Et comme on a raté tout ça, je vous propose de larver ici et de tailler ensuite.

Il n'a pas l'air le moins du monde déçu ou perturbé. Paradoxal Hugo.

On fait signe qu'on est d'accord. Je demande quand même :

– Mais Hugo, tout ce que tu m'avais dit sur ton rêve... Enfin, tout ça, tu voulais vraiment...

Je ne vais même pas au bout ; son regard brille trop. Il l'a eu, son bout de rêve. Bien sûr qu'il l'a eu. Et plutôt que de regarder des maigrichons sous stéroïdes s'échiner sur des vélos, il va se languir devant la bouille de Blanche. C'est très logique, en fait – extrêmement, pour un mec comme lui.

– D'ac. Moi, je vais voir le frangin, prendre une douche et lui dire que je vous accomp…

Hugo s'est agrippé au bout de ses doigts qu'il caressait. Son air est terriblement grave, presque inquiet.

– Est-ce que tu es sûre, Blanche ? Je veux dire… Je préférerais m'arracher un bras avec les dents plutôt que te dire au revoir, tu t'en doutes. Mais… maintenant que tu sais tout… vraiment tout, tu peux imaginer à quoi va ressembler la fin du voyage. Même si le temps apaise un peu la rage, il n'efface rien, tu comprends. Joanny et moi, on sait où on va.

J'ajoute, fragile :

– Tant que je ne pense pas à Papa, je me trouve ridicule. D'un seul coup ça semble à des années-lumière, une scène de film, quoi. Imaginer que je souhaite la mort de quelqu'un… c'est absurde. Se servir d'un putain de flingue ! Je suis consciente de tout ça. Mais dès que je revois son visage blanc, éteint… les électrodes, les moniteurs autour de son corps… dès que j'imagine toutes ses souffrances, sa détresse, je bascule. Et ça ne me paraît plus du tout irréalisable. Ce n'est qu'un geste. C'est une chose qui arrive tous les jours. Et qui va arriver. Je veux un coupable *tout de suite*, devant moi, là, qui réponde de ses actes ! Je veux qu'il paie pour ça et le reste !

– OK, Joanny, j'entends ce que tu dis. Et c'est pour ça que je veux venir avec vous. Attention, je ne dis pas que je ne suis pas morte de trouille, mais je veux venir avec vous ; et je veux être avec toi.

Hugo prend sa main dans la sienne mais c'est moi qu'elle regarde et j'ai cette idée bizarre brusquement, comme une piqûre de guêpe : je me dis que je connais ce visage depuis toujours. Ça me trouble pas mal.

– Joanny, ce qu'il faut que tu saches, c'est que je serai peut-être là pour t'aider…

Elle marque une pause.

– … mais peut-être aussi pour t'empêcher de faire ça.

Je soutiens le regard. Un peu sonnée par l'aveu. Complètement, en fait.

– L'arme, je l'ai eue en main, moi. J'ai bien failli être la gamine du JT qui a dérapé. Alors je ne te ferai pas la leçon, jamais ; mais je sais que je veux partir avec vous, voir ailleurs au passage, et avoir une ligne d'arrivée à franchir. Me sentir à nouveau utile et puis vivante.

Elle serre très fort la main d'Hugo qui ne pipe rien de cette histoire de JT, je vois ses jointures blanchir, toute sa détermination.

Nous prêtons serment, tous les trois. À ce grand inconnu furieux, à ce que nous hurlons, aux valeurs qu'on foutra en l'air sur l'autel de la vengeance. On va fuir à trois, alors.

Plus on est de fous…

La grange bancale accouche de nous pour nous livrer à un monde différent de celui d'hier. Non, le même en fait ; c'est nous qui allons essayer de le changer, par tous les moyens nécessaires.

On reste un long moment silencieux et pensifs, à regarder un champ de blé chanter grâce au vent.

***

J-M me fait presque de la peine. Encore un petit frère éloigné d'une sœur indomptable par un monde impossible à comprendre. Au fond, il ne pige pas *vraiment* ce qu'elle lui reproche, à cette vie où le repas familial a refroidi trop vite. Il accepte tout, lui.

Et le départ qu'elle choisit de prendre, il l'accepte aussi. Tout triste, simplement. Il nous jette de brefs regards amicaux. Hugo, derrière ses Ray Ban, répond sans feinte ni mensonge à son innocence. Je lui envoie un baiser, puis sa sœur vient le câliner.

– Je rentre bientôt, lui ment-elle, incapable comme nous de se projeter à plus de cinq bornes.

– Tu reviens quand, exactement ?

– On verra.

***

La Nationale 7, *again* ; sous un soleil de plomb. Toujours cette drôle d'idée de zapper la clim. Les mythes ont la vie dure…

– On arrivera demain. On va rouler pépère cet aprem et se faire une nuit sous la lune dans le Sud, histoire de récupérer un peu. Ça vous dit ?

Ça nous dit. J'essaie de ne pas penser au décalage entre la désinvolture de nos mots et la gravité de nos projets… Blanche, assise seule au milieu de la banquette, pose ses bras sur nos appuie-tête.

– Moi si ça vous dérange pas, j'aimerais en profiter pour passer voir ma tante que j'adore. C'est à côté de Vienne, ça nous fera une étape et ils nous donneront un casse-dalle. Elle tient un petit resto en bordure de la Nationale. Je pourrais câliner mes nièces avant de repartir. Elles me manquent et c'est compliqué de trouver des moments pour les voir.

– Ta tante ? Tu veux dire, « Tata » ?

– Non, ma vraie tante. C'est la grande sœur de la mère. Elle est géniale, et depuis longtemps elles se parlent plus. On a vécu un bout avec elle entre deux placements et avant les problèmes qu'elle a eus avec son resto. J'y allais souvent, c'est le tronçon de route que je connais par cœur.

Hugo est aux anges.

– Une tante qui tient un resto ! Pas possible. Pas possible ! Si je crie : *Je veux qu'il pleuve du Jack Daniel's* et que ça marche, chope une bassine, ça veut dire que la roue tourne !

– Dis-moi Joanny, y a des moments où il pense à autre chose qu'à bouffer, le Hugo ?

Hilare, je saute sur l'occase :

– Oh oui, tu t'en apercevras bien assez tôt, je pense.

Il se passe la main dans les cheveux.

– Eh, je suis qu'un mec, m'en demandez pas trop.

– Un mec qui a beaucoup de chance d'avoir des yeux pas trop moches et une fille qui en vaut vraiment la peine juste derrière, parce que, excuse-moi de te le rappeler mais on est passés pas loin du fiasco avec ton sinistre *Bon, bah à plus tard alors*.

Il fait mine de recevoir un coup, légionnaire romain écrasé par un menhir.

– Bon, c'est officiel : c'est un complot. Je vais mettre un peu de zique, vous avez qu'à papoter shopping pendant ce temps-là.

On le punit chacune son tour d'un bon shampoing indien en imitant sa voix grave à deux balles, et en fait on le chamaille tellement que la Ford fait une grosse embardée qui aurait pu très mal tourner sans *MES RÉFLEXES DE FOLIE, LES FILLES !!!*

Ensuite, sur fond de Shaka Ponk, petite séance d'élaboration d'un tableau des pires défauts mec/fille.

Résultat : 50/50, avec une grosse mauvaise foi assumée de notre côté et une belle part d'exagération pour Hugo.

On a traversé l'Allier sans s'en rendre compte, et alors qu'on arrive aux abords des 400 bornes et que le relief se réveille, Blanche nous conseille de suivre la Route Bleue afin d'éviter Lyon. Hugo aime bien la couleur : on embarque dans une belle série de montées où il ne regarde plus le compteur.

– Enfin une route qui a des formes, je commençais à m'emmerder !

Je n'ai qu'un vague soupir pour saluer le double sens.

Autour de nous, toujours autant de vieux panneaux publicitaires pour accompagner nos prises de vue et l'émancipation des panoramas.

Le portable vibre une fois encore.

Hugo m'interroge des yeux, il me montre les chiffres qui frappent l'écran.

Mon cœur se tord.

– C'est ma mère.

– Elle n'arrête pas d'appeler mais elle laisse jamais de messages, tu veux pas la prendre ?

– Nan.

Mon ton est sans appel. À peine camouflé par l'ongle que je ravage avec mes dents.

Un peu plus loin, Hugo décide de s'arrêter en plein milieu d'un impressionnant pont suspendu, histoire d'apprécier le paysage. *Warning* activés, il part se dégourdir les jambes. Je n'essaie même pas d'entamer une discussion sur les dangers potentiels de cet arrêt pas du tout providentiel – d'autant que, bien entendu, la circulation subitement assez faible lui donnerait raison. On en prend plein les yeux.

Le Colorado face à nous, juste pour nous, et en France. On est tellement loin de nos journées classiques ! Hugo a le sourire aux lèvres.

– Tu crois qu'il fait quoi, Mollard, pendant que nous on est là ?

– Qui ça ?

– Collard. Le C.P.E., cruchonne !

– Pourquoi tu me demandes ça ?

– Je me pose la question, c'est tout. Nous, on est devant ce paysage, si loin de là où ce genre de gars imagine qu'on doit être. Tu crois que les heures passent de la même façon pour lui ? À quoi il s'occupe ? Il compte combien il va entasser d'élèves dans chaque classe en septembre ? Nan, je sais : il est en club à Mykonos pour une tournée de Mika ! C'est toujours marrant d'imaginer ce que peuvent bien faire tous les gens qui sont au casting de ton quotidien. Après, va savoir pourquoi j'ai pensé à lui.

– Parce que t'as COUCHÉ AVEC LUI ! lâche Blanche aussi brutalement qu'un pot de fleurs balancé du 25e étage.

– BAAAAAH, ah mais NAN, pas lui !!! C'est un blob qui s'habille comme un vieil Anglais, ce qui frôle le pléonasme. Par contre Boris, le prof de sport, c'est une autre histoire… Bref. C'est juste que des fois, j'ai du mal à me représenter ce que peuvent faire tous ces gens. Comment ils arpentent leur vie. Mes proches, j'imagine assez facilement : ma sœur doit être sur Facebook, Vasco, ben il doit bien être dans la mouise, vu les messages qu'il continue de m'envoyer, et mes parents sont en train de bosser.

– Et Lassale ?

Mon ton claque. Ma voix comme un fouet.

Je poursuis, les yeux toujours vissés à la grande majesté du paysage.

– Qu'est-ce qu'il peut bien faire dans sa villa, un dimanche ? Il *drive* une A.G. depuis sa piscine ? Il prépare son prochain plan social pour « sauver » le navire ? Il combat la crise en jouant au golf ? IL FAIT QUOI ?!! IL FAIT QUOI PENDANT QUE MON PÈRE EST RELIÉ À DES TUBES ?!

Et merde, c'est reparti. Hugo me prend dans ses bras.

– Ça se calme jamais, hein ?

– Nan… Jamais, putain ! C'est comme une fièvre qui veut pas disparaître.

Blanche me tient la main. Hugo me berce.

– À mon avis, notre ami Faciale, il doit être en train de la mettre profond au petit vieux du Monopoly… sans capter que c'est lui le prochain qui se la prendra par un plus gourmand.

On s'aperçoit soudain qu'on gêne pas mal la circulation, en fin de compte… et on essuie une bonne salve de noms d'oiseaux tout à fait justifiés – sauf selon Hugo, qui courtise chaque seconde avec insolence avant de retrouver le volant.

***

Avant, je croyais connaître toutes les plus grandes peurs de mon père :

** Papa tu peux m'acheter le dernier skeud d'Usher ?*

** Papa, je peux aller dormir chez Paul ? Ses parents sont en week-end.*

** Papa, après le bac je vais faire de l'humanitaire pendant un an au Honduras avec Paul.*

Je peux en ajouter une nouvelle :

** Papa, avec Hugo et une amie qu'on a rencontrée, on part abattre un type que tu connais même pas mais qui pour nous est à l'origine de ta spirale mortelle, t'es fier ?*

Ça y est Papa, je te le dis enfin. Abattre.

Abattre abattre abattre abattre abattre abattre abattre abattre abattre abattre abattre abattre abattre.

Papa, je pars te venger, et je veux croire, pour me donner du courage ou légitimer mon choix, que TOUS les enfants qui aiment leurs parents comme je t'aime feraient de même. C'est pour ça que nous sommes là, non ? Pour que vous soyez fiers de nous et que nous réussissions là où vous avez échoué, enfin… là où vous vous êtes arrêtés. Pour que nos rires vous rendent la vie moins pire qu'elle n'est, ou plus belle, ça dépend des jours. Merci du cadeau.

J'ai pas demandé à voir tes larmes séchées sur tes joues, ces crevasses dans ton être, causées par tout ça. Je n'ai pas demandé à pâtir de votre boulimie de temps, de votre appât du gain, quand moi je voulais goûter à la vie en toute simplicité. Et je n'arrive pas à conjurer les souffrances inutiles ; je n'accepte plus les gros titres désespérés. Et JE change les règles du jeu, pour qu'ON avance encore. Au prix fort. Un prix qu'ils ne pourront jamais mettre sur ma morale. Jamais.

Grâce à toi.

À toi Papa, que je retrouve dans ce songe et que je voudrais pleurer le plus tard possible, pour rire encore, pour me sentir petite fille encore et pour pouvoir éduquer un jour, aussi bien que toi, l'enfant qui fera de toi un grand-père et de moi une maman.

Tout évolue. C'est dur mais il faut ça, apprendre à grandir (sauf pour Hugo, peut-être). Alors moi aussi, Papa, j'apprends, à la force de tes préceptes et en dépit de ce sale tour, même si ma fureur contre la fatalité demeure.

Tu me demeures, Papa, et tu me manques.

Je sèche discrètement mes larmes et me fonds dans la discussion de Blanche et Hugo. Il l'a lancée sur son jeu des 3 trucs. On se marre bien.

On arrive à Vienne vers 16 heures.

Blanche nous a prévenus environ quarante fois que sa tante et son oncle étaient des gens « simples » qui essaient de « joindre les deux bouts », qu'il fallait pas « s'attendre à »…

En effet.

– Elle a subi une épisio totale, la charmante auberge de ta tante, ou plus on descend plus sur la N7 et plus on est dans GROLAND ?

– Toi, parle pas de ce que tu connais pas, sinon tu fais une croix sur moi ! lui balance Blanche avec une moue hargneuse et pas du tout rigolarde.

J'aurais pas dit mieux. Notre courte nuit et les heures de route nous rattrapent. On a grand besoin de souffler un peu.

INTERLUDE : VASCO & DJIB

Depuis qu'ils sont partis, Vasco a harcelé le portable de son frère plus souvent qu'un mari à la jalousie pathologique.

Il l'a appelé tour à tour avec celui de Djib, d'une cabine, à nouveau du sien… sans résultat. Enfin, tout s'apaise avec le temps : depuis quelques heures, l'alarme de sa Ford a cessé de retentir au fond de son cortex fatigué.

Jamais il n'aurait imaginé qu'un dimanche puisse être aussi long.

– Il est chelou le moustachu là-bas, il arrête pas de te mater.

Djib, bras croisés sur une table face à une collection de gobelets, regarde une rediff de *D&co* sur une télé mourante.

– Nan, je l'ai déjà tricard et c'est *toi* qu'il mate, poto.

Le gars en question, un colosse avec une seule barre de sourcil et une moustache en fer à cheval, arrive vers eux.

– Salut les jeunes. Vous étiez déjà là hier, je crois bien. Des problèmes ?

Vasco découvre illico une tache absolument passionnante au bout de sa chaussure gauche, laissant Djib devenir l'interlocuteur exclusif du golgoth.

– Petits soucis de voiture, petits soucis d'argent, petits soucis de calendrier. On est bloqués ici.

– J'connais. À cause du pont j'ai le camion bloqué tout le week-end, privé de ma femme et de mes gosses. Foutus décrets, comme si ça allait empêcher les cons de se tuer sur la route. Vous voulez une bière ?

Dans le flou de sa chaussure gauche, Vasco se voit dire avec empressement…

– *Non non merci m'sieur c'est gentil bon bah à plus tard.*

… mais ce qu'il s'entend répondre, à sa propre surprise et sous les yeux incendiaires de Djib, c'est :

– Cool, avec plaisir !

Ils boivent leur canette le plus lentement possible pour éviter le piège de la deuxième tournée…

– Vous avez pas dû passer une nuit géniale !

– C'est clair, réplique Djib. Le ciel m'a un peu servi d'ardoise pour écrire ce que certaines personnes me doivent…

– Oh oh, t'as l'air d'en vouloir à ton pote, toi !

Djib place un sourire mesquin :

– Naaan, j'adore ça, passer mes week-ends sur des aires d'autoroute pourries.

– Eh ! Y en a qu'ont pas le choix, mon gars. Tu crois que ça m'amuse de rester bloqué sur la route pendant que ma famille fait un barbac et que mes patrons baisent leurs secrétaires ?

En pensée, Vasco supplie Djib de ne pas asticoter celui qui vide sa troisième bière comme s'il prenait une gorgée d'eau.

– Bon les jeunes, ça vous dit de jeter un coup d'œil à l'intérieur de ma villa sur roues ? J'suis sûr que vous avez jamais vu un truc pareil.

Et Djib voudrait *tellement* être chez lui, à donner un semblant de propreté à son studio.

Et Vasco voudrait *tellement* être chez lui, à lustrer sa Ford et à écouter Hugo l'implorer de ne pas lui raser la tête.

Pourtant, sans comprendre comment ni pourquoi, ils sont dans la cabine climatisée et mentholée, matent des stores de perles, des posters de filles nues et des affiches de films avec Clint Eastwood. Vasco tripote la cibie, Djib remarque un cendrier en forme de sein.

– La réplique exacte de celui de la Ciccolina… mais pouvez pas connaître, les jeunes.

Vasco n'aurait jamais imaginé que ce monstre de mécanique cache un tel repaire. Djib n'en est plus à imaginer : il s'aperçoit qu'au bout de dix secondes passées ici, il connaît déjà par cœur les goûts féminins du routier, sans compter que les croix de fer sur les housses des sièges le laissent un poil perplexe.

– Tout ça c'est à moi, cette cabine c'est à moi ! Le lit, le mini-bar, la sono, l'install' télé, tout, c'est ma deuxième maison. À y penser, j'y passe plus de temps que chez môman et les gamins.

– Même les posters de loups et de meufs à poil, y sont à vous ?

– Tout, j'te dis. T'veux une bière ?

– Ouaip, lâche Djib.

– Une clope ?

– Ouaip.

Vasco se trémousse comme une gamine mal à l'aise :

– Mais m'sieur…

– Appelle-moi Michel.

– Mais m'sieur Michel, vous faites quoi du coup, quand vous êtes bloqué ? Vous devez bien vous emmerder.

Le routier se penche vers lui, même sa moustache a l'air de peser plus lourd.

– On s'occupe comme on peut. On trouve des distractions.

Il se penche encore.

– J'ai mes petits secrets pour passer le temps.

Djib serre les fesses d'instinct, pendant que Vasco commence discrètement à fermer le poing ; une goutte de sueur vient se détacher de son front.

Et bien sûr, *ça* arrive.

Sous leurs yeux prêts à gicler de leurs orbites, Michel brandit une arme.

Un pistolet automatique.

Les deux compères ont le même mouvement de recul. Agrémenté d'un léger couinement pour Vasco.

– Wao, waaao !!! gueule Djib, main tendue devant lui.

– C'est bon les jeunes, faites pas les pucelles ! Ça vous dit de faire un peu de tir ? On se trouve un champ bien à l'écart et on se dégomme quelques bouteilles vides, comme dans l'Ouest ! J'aime bien faire ça et ça passe le temps, vous verrez.

Alors que Djib se met à secouer désespérément la tête, Vasco est déjà comme un môme, à sautiller à côté du routier, tout excité.

***

Sous un soleil qui ne les épargnera encore que quelques minutes, ils plissent tous les yeux vers la bouteille de 1664 qui ondule sur un poteau. Platitude cramoisie d'un décor où ils feraient de futures proies parfaites pour les vautours. Si le Loiret en comptait dans ses rangs.

Djib se tient en retrait. Vasco tressaute toujours, en mode sale gosse qui braille *À moi, à moi !* Quant à Michel, il se perd dans des explications techniques qu'aucun des deux n'écoute.

– … tires la culasse, tu recharges. Bing, c'est bon. Et donc, voilà. On pourrait se faire cette bouteille. On *pourrait*. Ce serait marrant ; mais je connais un jeu encore plus drôle.

Vasco arrête net de tirer sur sa clope ; plus vraiment par curiosité, plutôt à cause d'un début d'angoisse.

– On va quand même pas shooter une bestiole ? C'est *bad* ça, m'sieur Michel !

– Pas une bestiole au sens propre, déclare-t-il avec un sourire étrange.

– Euh, m'sieur…

– Voilà ce qu'on va faire. On va la jouer Alabama 1850. Ton pote le nègre, là, il va se mettre à cavaler sa race, d'accord ? Et moi, je vais lui laisser quoi, quinze, vingt secondes, et après je chasse…

Sans hésiter, il braque le canon de l'arme sur Djib. La terreur de l'instant dans les tripes.

Vasco lève les bras et hurle :

– Arrêtez, mais vous êtes taré !? Arrêtez ça tout de suite, merde !

Petit mouvement de main du routier – une gifle dans l'air qui fait l'effet d'une détonation.

– Vos gueules ! Vous vouliez qu'on s'amuse ? On s'amuse. Allez, Mobutu : prends de l'avance. Oh, et puis toi aussi, d'ailleurs ! Tu m'as pas l'air bien bien français non plus. Tu vas rejoindre ton pote et on va jouer, tous les trois.

– MAIS… NON !

– Je compte ! UN !

– Non, m'sieur !… Arrêtez !… Arr…

Ils détalent ; Vasco se vautre, Djib le tire par le bras. Ils s'enfuient en sanglotant sans larmes, terrifiés, la peur à la gorge.

Le : *DEUX !!!* résonne derrière eux, sonore, fatidique. Ils courent tout ce qu'ils peuvent, et ils ne peuvent pas grand-chose. Du plat à perte de vue. Vasco s'étouffe dans ses halètements, Djib va lui arracher le bras à force de tirer dessus. Au fond ils s'empêtrent, ne font pas beaucoup de chemin.

Le : *TROIS !!!*, si terriblement proche…

… n'arrive jamais. À la place, un éclat de rire jovial mais monstrueux, que rien ne peut interrompre.

– Ah, les cons ! HA HAA HAAA ! Ah, les cons, merde !

Ils s'arrêtent, vidés déjà, se retournent comme dans un songe nauséeux, entre désespoir et ébahissement – et assistent à la chute du canular : Michel… s'allume une cigarette avec l'arme du délire. Briquet « fantaisie », en vente dans tous les bons bazars.

Ils échangent des regards contrastés, passant du soulagement larmoyant à la honte totale.

***

– Oh c'est bon, desserre les fesses, fils. C'était qu'une mauvaise blague, faut bien qu'on se marre dans ce bas monde. Et puis, tu crois que j'avais pas vu comment vous m'avez regardé, tout à l'heure ? Z'aviez besoin d'une petite leçon. C'est pas bien de juger les gens sur leur mine.

Les trois bières qu'il pose sur la table ronde trinquent toutes seules. Djib, qui ne décolère pas, gesticule sur son tabouret. Tout à l'inverse, Vasco est tellement décidé à ne plus contrarier le spécimen qu'il s'est découvert un goût immodéré pour les canulars racistes et dangereux.

– Bon sérieux, vous faites quoi ici, à part me servir de cobayes pour mes blagues ?

Vasco lui fait un résumé de l'histoire – en occultant soigneusement le fait divers et sans oublier d'affubler Hugo de son sobriquet de « petit bâtard » à *chaque fois* qu'il énonce son prénom. Michel reste incrédule.

– Eh beh… sacré emmerdeur, celui-là. Une belle Mercury, à ton âge en plus, on peut être fier. Il respecte rien, le p'tit salopard ! Allez, on boit à sa santé.

Deuxième tournée :

– Ça, c'est la photo de mes mômes.

– P'tain, ils doivent plus être tout jeunes.

– Pourquoi tu dis ça ? Elle est de la semaine dernière, la photo.

– Sérieux ? Faudra dire au coiffeur du quartier que 1985, c'est derrière nous.

– Pas mal envoyé, gamin. Surtout venant d'un mec qui porte un bonnet en pleine canicule. Viens me parler de mode, après.

Djib retire l'artifice et grimace.

Troisième tournée :

– Une Ford Mercury à ton âge, ouais… tu peux vraiment être fier.

– Eh ouais.

– Et toi, c'était quoi ta caisse ?

– Une Fiat Panda pourrie – mais que j'aimais, alors je vous emmerde.

– Oh, le susceptible, tu veux que je t'allume ta clope ?

Quatrième tournée :

– Un *quoi* ?

– Un master en finances.

– Mais ça sert à quoi, ce machin ?! À jouer au requin et à foutre les gens dans la merde, c'est ça ? Pourquoi tu fais pas comme le petit Vasco ? Se lever tôt, bosser dur, gagner honnêtement sa vie.

Djib éructe :

– Putain mais c'est pas vrai ! J'en ai ma claque d'avoir à me justifier à chaque fois ! J'ai trimé comme un malade pour l'avoir, mon diplôme. Ça s'appelle des études longues, au cas où vous vouliez savoir. J'y peux quelque chose, moi, si j'adore les chiffres ? Lui c'est sa caisse, moi c'est la finance. J'ai besoin de comprendre, d'analyser. J'ai pas dit la Bourse en plus, j'ai dit la finance ; et si mon job, c'était de taffer pour empêcher des boîtes de fermer, justement ? Vous y pensez pas à ça, non ? Je vais pas refaire le monde, je veux juste bosser, gagner ma vie, apporter ce que je peux à une boîte et que ma mère soit fière. Faites chier. D'façon y a pas d'taf.

– Arrête, fais-moi pleurer. C'est un boulot pour compter les bénef' de tous ces cons qui vont réinjecter leur blé ailleurs et mettre des tonnes de mecs sur la paille ! Alors que t'es noir, en plus ! Bravo. Tu devrais avoir honte.

Djib lève les bras au ciel. Un cul-sec pour la peine.

Cinquième tournée :

– Vous vous rendez compte, m'sieur Michel ? Cette salope m'a demandé de *choisir* entre mon petit frère malade et elle. Soi-disant parce que je faisais plus rien d'autre qu'aller le voir à l'hosto. J'vous jure les mecs, j'en ai chialé.

Les cœurs sont ouverts et se répandent sur la table envahie de cadavres. La brume alcoolisée émousse la guillotine de la chaleur et la rend moins douloureuse.

– Heureusement que t'étais là, mon pote.

Poing contre poing, les deux amis dodelinent, bien assaisonnés.

– Ben merde. Toutes des salopes – sauf ma mère, ma femme et ma fille.

– Et la mienne, de mère, et ma sœur. Et ma *avó*.

– Et aussi ma mère, ma grand-mère, mes sœurs et mes nièces.

– Et Marie-Ange Nardy. Pasque c'est une femme bien. Ça se voit.

– Ouais…

Tournée finale :

Michel se dresse. Il titube un peu. La faute au whisky qu'il a ajouté à la bière *pasque ça désaltère mieux*.

– Oh, et puis merde : moi j'vous aime bien. Z'êtes des braves et j'veux me faire pardonner d'ma blague foireuse. J'emmerde leurs lois, on est nés pour être libres après tout, non ?! Allez, j'vous emmène à Nice, vu que j'dois aller à Menton de toute façon.

Les deux amis se cachent pudiquement pour étouffer les sanglots éthyliques en cours d'éclosion.

Michel les prend dans ses bras.

– Allez, turbo !

– Euh, Michel… Vous voulez pas qu'on attende que vous redescendiez d'un gramme avant ?

*

Sous le regard insistant de quelques habitués qui s'accrochent à leur ballon de rouge pour *pas qu'il s'envole*, on assiste, impuissants, à l'avènement de nos futures indigestions. Une platée de rillettes pur porc et saucisses apéritif trônant tranquillement dans leur jus de graisse.

Blanche nous avait prévenus. Je me cramponne à mon grand sens de la tolérance pour ne pas faire la grimace, mais je sais qu'Hugo est déjà suralimenté en vacheries contre sa nouvelle « belle-famille ».

Le décor figé en 1975, même s'il avait eu la moindre prétention esthétique, est de toute façon irrémédiablement gâché par la présence carnassière des deux – immenses – chiots rottweiller qui mordillent mes sandales et les *Van's* d'Hugo. Le tout baignant dans une odeur de graillon posée sur le papier peint des murs comme un drap poisseux. Mais ce qui me dérange le plus, c'est cette voix inexpressive de *Walker Texas Rangers*, en fond sonore, sortant d'une télé poussée trop fort.

Je commence presque à avoir mal au crâne, mais j'assure des sourires fidèles à Blanche qui, tout en discutant au bar avec sa tante, nous surveille.

C'est son portrait craché, cette femme-là. En fatigué et usé… à vrai dire, celui qui peut guetter Blanche si la vie continue dans le même sens pour elle. Et si elle se plante sur certains choix.

Hugo joue avec ses rillettes du bout de son couteau. Me fait remarquer d'un air taquin la *vue imprenable sur la cuisine*, dont j'ai *tort de ne pas profiter*. Le cuistot en survêt, tout sourires, nourrit de beurre deux andouillettes gémissantes dans une poêle, avant de déverser dessus le contenu jaune d'un sachet sous vide.

J'ai du mal à admettre que toute cette bombance soit pour nous. À 16h15. Merde, je suis *sa* fille, tout de même… entre deux *junk-food*, j'apprécie la bonne cuisine. Ses petits plats du dimanche me manquent. Tout me manque.

Réatterrissage.

Face à moi, et pour la cinquième fois, Hugo salue nos groupies accoudées au bar d'un hochement du pouce et de l'auriculaire.

– Vous m'en direz des nouvelles ! nous annonce le master chef en déposant son méfait devant nous.

Deux assiettes conçues pour caler une équipe de rugby.

– Bigre ! Rappelle-moi pourquoi j'ai dit que j'avais *effectivement un petit creux* ?

– Parce que ton ventre et ton cerveau sont inversés, Hugo.

Il se laisse tout de même séduire et se retrouve bientôt à bâfrer consciencieusement, soit pour ne pas contrarier ses hôtes, soit pour repousser encore une fois les limites de l'hédonisme.

Océane, la sœur aînée de la « mère » de Blanche, nous donne deux *Coca* pour faire passer l'épaisse marée de moutarde dans ses bulles. D'une voix de fumeuse qui a franchi la limite, elle crie aux chiens :

– Vous m'avez vu en 3-D, vous ?! Allez hop, à la niche.

Comme la niche se trouve juste à côté du buffet froid, je me dis qu'à ce rythme-là, ils vont se retrouver dans une télé-réalité censée sauver les restaurateurs. Ça me fait mal.

– C'est chouette cette idée de balade, les petits cocos. Même si j'ai du mal à croire que c'est une idée de l'éducateur, hmm ? Ma Blanche, c'est une fleur qu'on n'a pas su cultiver, faut prendre soin d'elle.

– Ça, je dois dire qu'elle est assez attachante, déclare Hugo en dégainant son regard *Ryan Gosling* (enfin, celui qu'il a baptisé ainsi après quelques heures de répétition, un samedi soir).

– Voui, ben ne va pas faire ton Casanova avec elle, hmm ? Elle a que trop souffert, ma Blanche.

– Loin de moi cette idée, je suis un mec sérieux.

Alors que j'abdique poliment à la deuxième bouchée, Hugo attrape l'ultime saucisse rescapée de son assiette et s'amuse à la faire parler :

– « Je suis l'émissaire d'une race extraterrestre qui vient tous vous coloniser, repentez-vous humains et conduisez-moi à votre chef, mouahaha !!! »

Devant ma désapprobation conjuguée au coup d'œil furieux de la maîtresse de maison, il reprend une attitude plus conventionnelle. À cet instant, deux tornades blondes déboulent dans la salle et se jettent dans les bras de Blanche. Océane nous les présente, haussant la voix par-dessus leurs piaillements :

– C'est Lila et Marie. Mes filles, Lila a 4 ans et Marie 2 ans. Elles adorent Blanche. Les filles, c'est son équilibre.

Hugo reste inébranlable devant la scène, en tout cas il en donne l'air, et semble davantage reluquer les fesses de Blanche, courbée pour cajoler ses nièces, plutôt que de s'émouvoir devant les câlins codifiés qu'elle échange avec elles. Probable qu'il connaît bien tout ça, la famille tribu, les « petits bouts » qu'on retrouve une fois par mois, les bisous-doudous, et que ça ne l'émeut pas tellement. Pour moi, en fille unique ayant une volée de cousins aux quatre coins de la France, je me suis fait ma propre définition de la famille – grâce à Papa, Hugo… et Maman, accordons-lui ça. Et au cœur de ces dogmes je mets la tendresse. Alors, c'est vrai, je suis profondément touchée par la façon dont Blanche câline les deux anges blonds. Elle, que j'ai le sentiment de connaître depuis si longtemps, transmet à merveille l'affection et l'émotion des étreintes. Sans gêne ni fausse pudeur, sans le cynisme agaçant des grandes villes.

C'est drôle, cette connexion entre nous. J'ai presque l'impression de sentir le bout de ses doigts lorsqu'elle les passe sur le visage de la plus petite.

Lila, la grande, est déjà occupée à travailler Hugo au corps avec une myriade de questions. Je crois bien qu'on tient enfin sa Kryptonite à notre Casanova : une bonne rafale de « pourquoi » et « comment », dont il ne sait pas se dépatouiller sans rougir !

Mais pendant qu'ils parlent autour de moi, je reste absorbée par l'instant privilégié que vivent Blanche et la petite, une toile d'une beauté émotionnelle sans rature. Je me sens si proche d'elles.

Je les regarde mieux.

Elles ont mille choses à se dire, pleurent et rient en secret. Elles discutent à voix basse, front contre front, paume contre paume. C'est leur… gimmick.

Oui.

Oui, bien sûr… tellement évident.

Une petite fille et sa…

… maman.

L'émotion me submerge. Nos regards se croisent – les yeux de Blanche sont gorgés d'amour, je lui souris et elle me répond tout en serrant plus fort sa petite. On se comprend et on le sait : ce sera un autre secret. À nous. Oh, Blanche, comme tu rayonnes !

Elle dépose un baiser sur les yeux clos de Marie, et ses mains ôtent du petit corps tous les maux de la vie, pour un temps.

Comme mon père le faisait pour moi.

Je suis si fière, d'une façon bizarre et merveilleuse.

Hugo n'a rien vu, je ne lui en veux pas. Il s'est rassis à sa place, finit de saucer son assiette au pain de campagne devant le master chef aux anges.

– Eh beh la Blanche, z'y avez-vu çui-là ?! Ça fait plaisir à voir. Y faudra s'lever tôt pour lui préparer à manger, qu'on dirait.

Mon Hugo répond d'un sourire gentil. Prend la petite Marie sur ses genoux, lui raconte une histoire dans laquelle sa tata est prisonnière d'un vilain Empereur galactique appelé « Le Lampadaire », jusqu'à ce qu'un chevalier « très séduisant » la sauve et l'emmène dans son vaisseau pour une épique bataille interstellaire. Dont ils triomphent, bien sûr.

Hugo, si aveugle et qui voit tout, pourtant… Que vois-tu, Hugo, qu'est-ce que tu caches ?

Après un festin de baisers et de *à bientôt hein oui bientôt*, on retourne à la Ford. Je regarde Blanche prendre une dernière fois sa petite Marie dans ses bras.

Hugo bâille un grand coup :

– Maintenant y a plus de doute sur le complot. Toute cette bouffe, c'est un coup des Libyens pour me terrasser et nous empêcher de changer le futur…

***

On s'est arrêtés à peine deux heures. Fin d'après-midi brûlante le long des côtes du Rhône. La sécheresse dans les rocailles, mi-parcours et on roule doucement.

Canicule + repas monstrueux = un Hugo calme comme un toutou.

Il remarque un panneau qui le réveille un peu.

– Cool, notre prochaine étape : Valence ! À nous l'Espagne ! On ira se taper des tapas !

– Haha.

– On se posera un peu et on roulera de nuit, OK ?

La Drome nous offre des allées de platanes parmi les plus belles du voyage, qui coulent notre avancée dans une ombre bienvenue. Aux portes de la Provence, les villages qu'on traverse sont tous des décors idylliques. Je n'aurais jamais cru…

– Bon c'est ton tour d'être le DJ, Blanche ! Tu veux quoi comme zique – nan, me dis rien : Sardou, Dave ? Christophe Mae ?

– T'es con. Moi j'aime bien le rap, j'écoute surtout la radio. Et puis Jean-Jacques Goldman.

– Ah ouais ? Je sais pas si j'ai ça en stock…

Il farfouille et lui dégotte un vieux *Envole-moi* des familles : pas nos standards, mais on la connaît par cœur et on accompagne les enceintes sans bouder notre plaisir.

– Dis, tu m'écrirais une chanson ?

– Oh là, Blanche, je ne te le conseille pas ! En quatrième, en cours de musique, il a repris du Snoop en traduisant les paroles, ç'a été un massacre couronné de quatre heures de colle ! Méritées, je t'assure.

– Six. Il était fou de moi, ce brave monsieur Pichon.

– Ah ouais ? Montre un peu ce que tu sais faire, alors ! J'attends, Roméo…

Hugo nous regarde dans le rétro, inspire un coup, aussi à l'aise que si on l'avait poussé sur scène devant une centaine de bikers furieux (ce qui, dans son cas, veut dire *vraiment* à l'aise…)

Jay-Z & Alicia Keys dans *Empire State Of Mind.* Il la joue façon Planète Hugo pendant les premières notes et improvise en français sur le célèbre refrain. Il chante tellement faux que le soleil risque bien de se coucher plus tôt cette nuit, pour oublier.

« Ni-Èvre, tes champs comme tes beautés sont infinis,
On vient t'voir une fois, et c'est fini,
Ni-Èvre… tes habitants ont le cœur sur la main
Même si j'm'y suis pas fait que des copains !!!
NI-ÈVRE, NI-ÈÈÈÈVRE !!!
Ni-Èvre… tes villages sont tous des retraites amicales
Même si j'connais pas ta capitale
Ni-Èvre…j'crois qu'si j'continue à chanter comme ça
Joan et Blanche vont s'couper les veines d'vant moi !!!
NI-ÈVRE, NI-ÈÈÈÈVRE !!! »

Bien sûr on se bidonne, on claque des mains et on entonne des grands *encore !!!* de groupies en furie quand il termine sa prestation. Révérence.

***

On a fait gaffe à garer la voiture dans un endroit planqué – sans virer à la parano, on n'a vraiment pas envie de revivre cette partie de la veille. Vu que Hugo a joué les capricieux, on a quand même tournicoté un moment pour chercher une gorge *comme dans ses rêves*.

Concert de cigales pour ciel orangé. Je suis certaine qu'on a bronzé, Hugo resplendit et ce n'est pas seulement grâce à Blanche. On marche dans les rochers, chaussures à la main, Hugo porte le paquetage préparé par Océane. Je prie pour que ce soit un classique jambon-beurre.

On débouche sur une rivière au courant assez gentil, parfaite pour nous accueillir. Une belle chute d'eau, parfaite pour s'émerveiller, coule entre des rochers et la nature bruyante. Évidemment on n'a pas de maillot et, comme l'eau n'est pas aux 25° réglementaires, impossible que j'y mette plus que le pied. J'ai mon excuse…

… mais *bien sûr*, Hugo ôte déjà son polo.

C'est étrange, je détourne les yeux. Je ne sais même pas pourquoi. Je l'ai déjà vu torse nu. Plein de fois. Mais peut-être qu'avec Blanche, dans la mélodie c'est devenu différent. Un drôle d'Oedipe « fraternical ».

Enfin bon, je ne vais pas passer la soirée à l'éviter non plus. Il a remarqué mon manège et me sourit pour faire disparaître ce pseudo-malaise. Blanche me prend par les épaules et chuchote :

– On le balance à l'eau ?

Hugo bombe le torse ; je sais qu'au-delà de son charisme intérieur, c'est son corps qu'elle regarde, non sans gourmandise. Il porte quelques stigmates violacés de la jalousie de l'Ampoule, sans parler d'autres plus anciens et ineffaçables, mais on s'attarde sur le principal : ses muscles secs, les courbes qui se dessinent sur sa peau, ses abdos bien faits et cette peau toute lisse. Je me sens un peu rassurée en songeant que je contemple davantage mon-meilleur-ami-Super-Hugo-contre-le-reste-du-monde que le sublime jeune homme dont j'aurais pu tomber amoureuse.

On contemple toutes les deux la cicatrice. Tronçon central qui rappellera sans cesse et toujours le chemin parcouru. Au cas où il serait tenté d'oublier.

Il a l'amabilité de garder son caleçon et, brusquement, fait une bombe – qui n'arrose personne, une de celles dont mon père, en grand spécialiste, se serait allégrement moqué.

– Brrrrrrrutain elle est tellement fraîche qu'elle est trop bonne !!! Allez v'nez !

Blanche s'est déshabillée jusqu'à l'étape soutif-culotte. Elle m'incite à faire pareil, et j'en suis toujours à mes prises de tête ; je sais que face à ses rondeurs, je passe de *fine* à *maigrichonne*, tandis que ma ligne idéale fait d'elle une fille *un peu ronde*.

Et puis merde. On s'en fout. On est à l'abri du monde, personne pour juger et moi, je vis comme si tout le stade de France avait les yeux braqués sur ma petite personne. *Arrête avec ça, vous êtes toutes les deux des « incarnations de la femme »*, comme dirait Papi. *Profite tant que tu le peux. Vous êtes libres.*

– Allez viens, Blanche. J'en connais un qui mérite d'avoir la tête sous l'eau. Une bonne minute.

Elle prend un peu d'élan et saute en riant, doigts pincés sur le nez. Déjà, Hugo tend une main en aileron de requin et adopte sa plus grosse voix pour téléporter *Les dents de la mer* dans la petite rivière. Je sais qu'à un moment donné, il nous fera le coup du dauphin blanc, tellement classique…

J'enlève doucement mes vêtements. Il fait si chaud qu'on séchera peut-être dans l'eau, avant même de ressortir. Pendant ce temps ils se retrouvent, se lient l'un à l'autre dans une étreinte aquatique. C'est la première fois que je les vois échanger un baiser. Passionné. Hugo la porte, elle a noué ses jambes autour de lui. Elle parcourt son visage de ses mains et contrôle ses ardeurs – je le remarque.

Forcément j'en ressens un peu de gêne, c'est humain. Mais je suis si heureuse de voir mon Hugo amoureux ! Oui, je sais qu'il l'est, éperdument.

Ils m'appellent. Mon prénom, répété, chanté. Je sautille sur les pierres et plonge vers eux.

L'entrée dans l'eau, cette sensation unique, élément si intime et régressif… Je fais quelques brasses, en aveugle ; dans le silence absolu de l'eau. Je prends mon temps. Là et là uniquement, je pourrais exploser, hurler, vu que sous l'eau personne ne vous entend crier. Mais je choisis la paix.

J'avance, les yeux fermés, jusqu'à ce que mes poumons m'alertent. Alors, seulement, je commence à remonter et j'ouvre les yeux pour prendre en face la surface de l'eau et savourer l'éclosion.

L'oxygène s'engouffre en moi, la chaleur qui me paraît si fraîche, plénitude. Je leur souris.

– Putain, tu m'as fait flipper crétine ! lâche Hugo – et il s'est vraiment affolé, en plus.

Blanche en profite pour lui grimper dessus, appuie ses deux mains sur sa tête et le plaque sous l'eau.

– Battu, Roméo !

On chahute. On se ligue contre le mâle frimeur qui joue les piranhas avec ses mains nous dévorant les mollets. On l'aveugle à grands coups de moulins d'eau qu'on projette avec nos pieds. Nos rires résonnent, ricochent et l'écho en redemande.

Et puis, je surprends le regard qu'Hugo jette sur les rochers, ses yeux qui montent, encore, jusque tout là-haut.

J'ai cette pensée : *De toute façon il VA le faire. Dis-toi qu'il saura s'arrêter avant que ça devienne trop dangereux, c'est tout.*

Et il le fait, évidemment.

D'abord des bombes, quelques figures acrobatiques ratées mais drôles, et de plus en plus drôles à mesure qu'il prend de la hauteur. Des plongeons.

On a apprécié, sûr, mais même Blanche commence à flipper.

– Fais gaffe Hugo, oublie pas que t'es un très mauvais funambule... C'est bien haut quand même.

Jusqu'à :

– Arrête maintenant, fais pas le con ! Monte pas plus haut, Hugo !

Mais sans cesse, il remonte les rochers, part en varappe de façon de plus en plus risquée. Ce sourire si sûr de lui. À singer les plongeons ultra-techniques qu'il doit voir de temps en temps sur la chaîne de sport câblée... À chaque fois nos cœurs se grippent.

– Hugo...

Il est tout en haut de la chute. Il nous regarde. Il sonde le paysage et se frappe le torse à coups de poing. Hugo, STOP. C'est trop haut et ça ne sert à rien. Comme à chaque fois, bordel ! Pourquoi t'as tant besoin de te prouver que tu peux le faire, alors qu'on le *sait déjà* ? Pourquoi vouloir aller plus loin ? Respire et redescends, tes victoires sont en bas et elles tremblent pour toi. Je vois tes yeux, jetés si loin pourtant. Déterminés.

Là, maintenant…

… ou bien je me trompe, ou bien c'est à *moi* que tu veux montrer quelque chose, non ? Tu voudrais… me faire comprendre ce que c'est que de faire un truc foutrement dangereux jusqu'au bout, un truc qui prend la peur des autres en otage ? *M'expliquer que certaines décisions sont complètement folles et qu'on pourrait ne jamais s'en relever ? C'est ça ? À rester perché au-dessus de ce vide abyssal. Pourquoi tu bouges plus ? Parle-moi putain !*

Il prend son élan.

Et on le voit toutes les deux, au même moment, ce foutu pied qui dérape.

Et la chute. Ses battements de bras, nos cœurs comprimés, Birdy ne s'envolera pas, il…

Il tombe !

Et frappe l'eau. Lourdement. Nos mains plaquées sur nos bouches. Une telle plongée contre un mur d'eau. Un accident stupide, digne de figurer dans un bêtisier d'images choc à la con… Un millier d'insultes se bousculent dans ma tête, *HUGO !…*

Il ne réapparaît pas. Rien. Les ronds de l'eau. Nos voix déchirent son prénom. Rien. On se précipite vers la chute, on nage comme deux folles. On chavire.

– *« Tout corps plongé dans l'eau »…*

– *Nan, c'est pas le moment, Papa !*

Le grondement sourd de l'eau n'a que faire de nos voix. Hugo. Je fouille la surface mais on n'y voit rien, rien, rien ! Blanche plonge, plusieurs fois. *Hugo, non…* Elle commence à paniquer sérieusement.

– J'le vois pas, putain ! J'le vois pas !

Je bats des bras dans un combat perdu d'avance. Je fatigue. Plonge à mon tour. J'essaie de retrouver la même sérénité que tout à l'heure, intérieure, fouille le fond de la rivière – sans résultat. Et la terreur qui continue de grandir, rend mes recherches maladroites et brouillonnes… Contrôle tes émotions. Chercher, bouger ; je resterai sous l'eau quitte à faire éclater mes poumons.

Enfin une forme, oui : c'est lui, je vois mon Hugo !

Je reste calme et fonce. Manque de souffle, cette pointe à la poitrine, je panique, je… je vais me noyer ! Et je m'arrache les bras, le corps tout entier et la gorge pour l'atteindre tout en bas, le ramener à la surface.

Je prends la plus grosse bouffée d'air de l'histoire.

J'aimerais qu'il se mette à éclater de rire, comme ce connard de Robin des bois version Disney, parce que ce serait tellement lui, tellement lui !… mais non, il ne joue pas.

Je reste dans mon effort ; Blanche nage vite jusqu'à nous et m'aide à le hisser sur la rive.

– Hey Joanny, la vie ça tient à rien : DEUX FOIS j'ai forcé la mort à s'excuser d'être venue m'emmerder, et demain je peux canner en bouffant une aile de poulet, c'est OUF quand t'y penses, non mais tu vois le truc ?

Fais pas le con, Hugo. Me laisse pas, et surtout pas maintenant, tu le sais merde… Je peux pas le faire si t'es pas là.

Inconscient.

Il ne respire pas. J'entrevois Blanche livide, me concentre sur lui. Il est tellement pâle, tellement vulnérable… tellement *éteint*. Blanc. Peau. Mort. Lit d'hôpital. Tubes. Des flashes éclatent dans ma boîte crânienne, tout un feu d'artifice d'horreur.

– Papounet, je vais passer mon brevet de secourisme, c'est carrément utile, non ?

– Oui… et comme ça, tu sauras comment on soigne une foulure de pouce à force d'envoyer des textos au bellâtre qui donne les cours…

Allez, lance-toi.

Respire !

Je pose mes lèvres sur les siennes, doucement, mes mains en position de sécurité sur son torse.

Sous mes doigts, la cicatrice.

Tout ralentit. Je lui prodigue un bouche-à-bouche parfait. Enfin j'espère.

Je vais te ramener, Hugo. On en rigolera, tu verras.

Respire.

Je respecte la procédure à la lettre. La pression de mes mains sur sa peau mouillée.

Je recommence. *Calme*. Mes lèvres sur les siennes.

Respire.

Et enfin, mon vœu est exaucé. Il recrache une énorme gerbe d'eau et j'achève mon sauvetage. Blanche m'assiste comme elle peut, peine à retenir ses larmes. Ça y est, on y arrive ; Hugo qui tousse un long moment, et nous à ses côtés, haletantes, on titube. Instant irréel au milieu de toute cette nature inconsciente de nous.

On attend, un peu rassurées, qu'il termine de reprendre ses esprits et sa couleur ambrée.

– Joanny ?

– Oui ?

– T'as capté l'idée ? me murmure-t-il en s'allongeant sur les rochers brûlants.

***

Le soleil est couché, sans doute soulagé de voir que tout est rentré dans l'ordre. En tout cas, c'est ce que je me dis, dans un vœu de petite fille pas sage mais repentante.

Hugo est encore bien sonné, et Blanche toujours recroquevillée contre lui.

– Merde, 18 heures. Faut que j'appelle l'hosto, je dis.

Rectification : faut que je fasse *semblant* d'appeler l'hôpital. Impossible de recommencer après le dernier appel, parce que c'est trop dur. Mais je sais bien faire semblant. Tellement bien qu'ils ne s'en rendent pas compte.

Tiens, Vasco s'est calmé, apparemment. Juste un texto :

P'TIT BÂTARD

Mais je prends de plein fouet le message de ma mère :

« Joan, c'est Maman, il faut *vraiment* que tu prennes le temps de me rappeler… Je sais ce que tu traverses, mais ton père a besoin de toi et moi aussi, alors rappelle-moi, dis-moi au moins *où* vous êtes partis, je suis morte d'inquiétude ».

Sa voix est un peu plus cassée que dans son dernier message. Je n'en tire aucune conclusion ; je refuse. Tu vois, toi aussi, ce que c'est que d'attendre un retour... *Arrête de faire ta conne, bon sang !*

Je me frotte les yeux – on mettra ça sur le compte de nos dernières émotions, en espérant que ça ne se voie pas trop.

À mon retour, ils guettent mon rapport.

Je déclare avec un demi-sourire qui m'arrache le cœur :

– Toujours pareil. C'est rassurant, ça n'empire pas.

– Bien sûr Joanny, fait Hugo en m'ouvrant ses bras. C'est l'essentiel, pour le moment.

On reste un moment blottis, au pied de notre gorge (rebaptisée *le pic-de-la-mort-qui-tue-presque*).

Papa, je ne peux plus appeler, tu comprends ? J'ai trop d'angoisse en moi, je préfère imaginer le meilleur plutôt que d'envisager le pire. C'est comme ça. Après tout, peut-être que tu vas mieux. Peut-être que tu as repris connaissance et qu'ils vont bientôt nous contacter ; sauf si tu...

Non.

On somnole en regardant le si joli film de la grande toile noire.

– Faut qu'on taille, mais je me vois pas conduire tout de suite, les filles...

– Ben ouais, avec tes conneries.

– On n'a qu'à dormir ici.

Hugo secoue la tête. Il arbore clairement une expression vaincue par l'excès.

– Naaan... Faudrait qu'on avance un peu pour éviter d'avoir trop de route demain. C'est la fin du voyage. Enfin... On est bientôt à sec, en plus.

– Alors comment on fait ?

– Moi, je peux conduire. Ça m'arrive avec le frangin, en plus la nuit on ne croisera pas des masses de flics sur la N7. Je pourrai pas tenir des plombes, mais je peux nous avancer de 200 bornes.

Oh la bonne idée…

***

Je dois dire que Blanche conduit bien mieux que Hugo. Tout en douceur. Il est vautré sur la banquette, occupé à recoller lentement les morceaux de sa dignité éparpillée. Bon, je sais qu'à ses yeux j'étais déjà « quelqu'un de bien », mais je vais finir par cacher le soleil s'il continue à me regarder comme ça !…

Le vent tiède se jette dans la Ford par bouffées rapides, et les paysages nocturnes prennent une teinte inédite. Villages endormis ou peintures de Provence, tout nous paraît calme et sans obstacles. On roule au pied d'une montagne gigantesque.

– Le Ventoux, une étape mythique !

– Ah non, arrête avec tes vélos…

Bientôt, seuls les ronflements d'Hugo cornent la page de cet agréable chapitre.

***

On en profite pour parler entre filles. Hugo rate pas mal de chouettes paysages ruraux – des images de ce Sud que j'explore à la gloire de mon père !

Blanche devine mon trouble, si fugace qu'il ait été. J'hésite à lui parler de sa petite Marie, et puis non, ça viendra quand il le faudra. Si ça vient.

C'est présent dans chacun de nos regards complices, déjà, mais encore un peu tôt pour devenir des mots. Je la trouve si belle, forte ! Bien incapable de me projeter dans une telle situation. Elle qui vit à des années-lumière des préoccupations qui animaient ma vie, avant… Nous voilà sœurs de rage, réunies par le hasard. Deux filles normales dans un monde puzzle, ma vie qu'on a fait dérailler, la sienne qui dès le début a pris une voie tordue. J'aurais beaucoup aimé la connaître sans notre histoire, en écrire une autre, alternative, où elle se marie avec Hugo et moi avec le Prince Harry du restaurant – et pourquoi pas ? Il m'aurait retrouvée deux ans plus tard, après avoir miraculeusement hérité de toutes les qualités de l'homme de mes rêves !

Mais non ; dans mes silences, j'imagine en boucle des visions de mon père juste avant la catastrophe, déjà en déroute : prostré dans son *open-space*, vidé, entre deux recadrages et trois objectifs inatteignables. L'étau. La lente purge. Un phénomène de société. Que des cas isolés. Pas de quoi sonner l'alarme. Une crise à passer. Monstres ignorants qu'ils sont. L'agonie.

Ma main tremble, Blanche lâche le volant pour m'aspirer un peu de douleur. Je me laisse aller.

La station-service où on s'arrête est si pittoresque que j'ai une grosse envie de la prendre en photo (je me retiens). *Celony*, riant petit bourg. Je m'imagine dans un vieux décor de comédie familiale des années 70.

C'est drôle, d'ailleurs : en temps normal on aurait mitraillé notre périple. À partir du collège, on passe notre vie entière à immortaliser le moindre de nos gestes… et là, rien. Pas un seul clic sur l'iPhone, trop occupés à vivre à fond pour songer à casser le rythme. Pas le temps de poser, et même dans l'instantané nos émotions deviennent nos clichés – et l'album grossit, grossit !

Mais il y a des occasions qui ne se ratent pas. Tandis que Blanche termine le plein, je lui fais un signe. Je prends l'iPhone d'Hugo, et on immortalise sa bouche grande ouverte, le fond de ses narines qui s'agitent par intermittence. On se tient le nez pour ne pas exploser de rire. J'ai même envie de lui dessiner une moustache à la Hitler, elle irait impec avec son froncement de sourcils inconscient. Blanche tape les pires grimaces, se met à hennir à force de se retenir mais rien n'y fait : le beau dort comme un loir.

Voilà. Quelques dossiers pour tenir en respect « Mister Planète ». Ça peut toujours servir.

***

Trois kilomètres plus loin, Blanche craque. Épuisée. On s'arrête en bordure d'Aix-en-Provence, cachés au pied d'un vieux château.

Pas le temps d'épiloguer sur l'endroit idéal pour dormir (enfin, voler quelques heures de repos avant le lever du soleil). On se love comme deux chattes sur la banquette et on s'endort en se regardant, elle et moi.

À l'arrière, Hugo tient toujours à merveille son rôle de marsouin.

– Bon, j'suis cuit Poussinette ! Il est tard, j'ai assez bossé. Tu voudras le PC ?

– Nan, c'est bon.

Voulez-vous arrêter le système ?

– Alors j'y vais, j'arrête le système ?

– Ouais, Papounet. Arrête-le.

– Ça marche. Allez hop, on recommencera demain.

Clic sur la souris.

Pfiiiiiiouuuuu. Écran noir.

Si seulement.

INTERLUDE : VASCO & DJIB

– Bon les jeunes, on est d'accord ? Dès que vous passez à Vitry, vous venez me voir ! J'vous montrerai ma véranda, ma collec de vieux disques, et pis Josie et les mômes. Et en échange, j'veux la voir la Ford, d'accord ? Ça m'a fait rudement plaisir de vous avoir croisés.

Djib et Vasco au pied du monstre métallique, sur l'autoroute hurlante. Deux apprentis globe-trotters arrivés à destination. Nice.

– Merci, Michel. On pourra jamais vous remercier assez.

– Ouais, vraiment sympa de votre part.

– Bon allez, à la revoyure, et soyez sages. Mais pas trop !

Un mur de guitares déchire l'air – *The Ace Of Spades* dégueule de l'autoradio –, et les deux potes regardent la diligence de fer s'éloigner dans la nuit.

***

Un peu plus tard.

La promenade des Anglais est à eux. La mer, les plages, quelques feux de camp et des rires de loin en loin.

– Et comment on fait pour les retrouver ? C'est chouette le grand bain, mais on n'est pas plus avancés et on est grave loin de Paris, maintenant.

– J'en sais rien, poto. Mais on est à Nice, on verra quand il fera jour. La nuit ne fait que commencer, alors tu sais quoi ? On va aller clubber comme des princes !!! Les filles du coin savent pas encore ce qui les attend. « Vasco Pop » et « Pony Djib » vont tout déchirer !

– OK, j'te suis. Mais JE m'occupe des surnoms.

Quatrième partie

Yippie-ki-yay, motherfucker !!!
John McLane (Bruce Willis) dans *Piège de cristal*

*

Rien.

Je me réveille sans avoir vécu le moindre rêve. Pas de souvenirs de coton sale. C'était un sommeil profond, j'en émerge difficilement ; jamais mon père n'est venu m'y retrouver.

Parce que tu m'en veux, Papa ?
Parce que tu me laisses face à mes choix ?

Je n'ai pour réponse que la masse brûlante du soleil qui m'écrase le visage. Hugo a déserté le refuge de sa banquette ; sûrement parti chasser de quoi nourrir la tribu.

Blanche me regarde, dans un demi-réveil serein. Elle s'éclaircit la voix pour donner à ses mots toutes leurs couleurs :

– C'était avec un mec qui avait dix ans de plus que moi. C'est arrivé comme ça. Mon plus bel imprévu. Quand tu es dans la chaleur d'une nuit d'été, t'es as mille lieues de t'imaginer que l'hiver qui suit, tu auras les jambes qui tremblent et pas seulement à cause du froid…

Elle a sa jolie bouille qui repose sur ses mains, sa voix est calme.

– Il m'a dit qu'il contrôlait, il a rien contrôlé du tout. Je ne sais même pas où il est, mais ça ne compte pas en fait ; j'envoie des « merci » au ciel toutes les nuits. Marie est la plus belle chose qui me soit arrivée. Avec ma tante, on n'a pas pu faire autrement, t'imagines bien, vu mon parcours et mon arbre généalogique… Ça me tue de pas la voir grandir et de pas être là tous les matins, à ses côtés. Mais je sais qu'un jour, je serai à nouveau sa maman. Elle me manque tellement ! Elle me… Elle me demeure, tu vois ? Tout le temps.

Je ne sais même pas quoi dire. Subitement je ressens une gêne atroce à penser qu'elle est venue avec nous, dans notre combat, la croisade de ma tristesse qu'une part de moi voudrait voir se transformer en religion. Malgré mes doutes qui grandissent à chaque nouveau kilomètre. Je lui prends la main, ma seule réponse.

Là où on va, je ne sais même pas s'il y a un possible demain. Je ne sais plus. Blanche, elle a tant de vies en elle, tant de choses à donner ! Je n'arrive pas à accepter l'idée que ma sœur de rage puisse pâtir de mes pulsions. Et au fond, au nom de quoi la Joan née de l'entreprise de démolition de son père aurait le droit de prendre le pas sur celle qui a si longtemps attendu Blanche ?

C'est à moi de la protéger. Comme Hugo me protège.

Grandis, refuse quand il le faut, indigne-toi, agis, mais nourris-toi de l'épreuve et avance.

On dirait bien mon père…

… sauf que t'es pas là, Papa, pour me dire ça.

Blanche et Hugo. Hugo et Blanche. Leur vie les attend, faite d'idylle et d'à peu près, de doutes et d'envolées. La vie, celle que je fuis tellement depuis trois jours, occupée à courir après mon coupable sans voir que c'est la vie *elle-même* qui m'a mise à son sein protecteur !

Je n'ai pas le droit de leur demander ça.

À cause de ce que Blanche a dans les yeux, qui brûle tout et me touche. Cet amour maternel qui fait tourner notre monde bizarre.

Empêche-moi Blanche, je t'en supplie. Redonne du sens à tout ça.

Ah, mais si c'est ce que tu VEUX ma grande, tu n'as qu'à le dire à voix haute…

Tu ne le fais pas parce que tu ne le VEUX pas, en vérité.

Tu veux ton coupable, tu veux ton moment de gloire sanglante et tu ne VEUX pas que ça prenne une voie paisible.

Impensable image d'une ado – MOI ? – en train de braquer une arme sur un homme.

Ça me terrorise.

Ça t'excite !

Si lourd, si effrayant…

Si évident !

Et merde. Il le mérite, cet enfoiré. Le visage de mon père effondré pour nourrir ma haine. Si notre monde laisse les hommes se démolir, et laisse leurs enfants ressentir cette détresse, c'est bien qu'il est au bord du gouffre !

Rien à foutre. Rien à foutre.

Je vais le faire.

Réatterrissage, je bafouille :

– Excuse-moi… J'étais… ailleurs.

Quelque chose frappe le pare-brise. On sursaute. Quelqu'un vient de nous lancer un truc, et cette chose glisse et laisse une traînée rouge…

Du sang !

Hurlantes, on se précipite hors de la voiture.

Et Hugo fait son apparition, dans la brume évanescente de son éclat de rire le plus stupide. Cet imbécile vient de nous jeter un reste de ce que j'imagine être un hérisson.

Dé-gueu-lasse. Et inutile. Et… sordide !

– C'est n'importe quoi ! Vraiment n'importe quoi ! Et ça t'amuse, pauvre naze ?

– Mais t'es débile ou quoi ?

Apparemment, *oui* aux deux questions. Il a du mal à reprendre le contrôle de son fou rire. On est consternées, muettes, et on l'attaque à coups de regards noirs ; lui lutte à retrouver son souffle et va jusqu'à nous pointer du doigt en se tenant les côtes. On dirait qu'il ne s'arrêtera jamais de rire, si fier de sa connerie. Et en vérité, son rire nous ensorcelle ; on a du mal à garder notre indignation solennelle bien longtemps.

– T'es vraiment bête, y a pas d'autre mot.

– Bien sûr. Et non seulement vous le saviez avant, mais en plus c'est pour ça que vous m'aimez. En plus de vous faire rire, je vous rapporte de la bouffe, alors c'est qui le roi ? Bon, il est 9 heures, on se brosse les dents, on fait pipi et on taille ?

***

Hugo a repris le volant et le contrôle de son corps.

La Côte d'Azur. Je suis sûre qu'un bon quart de ma classe y est en ce moment. Marrant à nouveau, de penser à eux, à ces instants de quotidien qui me ramènent à une « ère lointaine » datant de trois jours. Attendre le bus, attendre le prof, attendre l'heure d'après…

On a remplacé ça par : *Attendre le prochain paysage, attendre la prochaine vanne d'Hugo* et *attendre l'étape d'après*. Pas si différent, si on y réfléchit, mais vachement plus agréable.

Sauf que.

L'idée de simplement *commencer* à entrevoir la ligne d'arrivée fait naître un drôle de boxon à l'intérieur de mon estomac.

Alors voilà ? Tout va s'arrêter ? Comme on le voulait…

Dans ce moment troublé, j'attends les souvenirs mais ils ne viennent plus. Problème d'interférence ? *Ne capte plus ?* Impossible : la liaison Père-Fille est la plus fiable du monde !

Alors quoi ? Le signal d'origine diminue ?

Non… NON…

Calme-toi.

Calme-toi CONNASSE, bordel ! C'est ça, panique, laisse la boule t'exploser la gorge une fois de plus…

Pour m'égarer, je fixe la part de terre désertique, constellée de bois mort, qui défile au pied de massifs rocheux.

– Hugo, d'après ton portable on est près des gorges du Verdon. Tu veux qu'on y fasse un tour ? Y a de belles chutes d'eau…

– Je passe, merci. Moi j'veux voir la mer.

Blanche sourit, le mot prend un drôle de double-sens et le regard que j'échange avec elle est celui de toutes les complicités.

***

La croisade s'amuse. Avec son envie de faire un tour du côté de la grande bleue, Hugo a mis un nouvel entrain sous le capot de la Ford.

On est plutôt calmes, et même on pourrait presque entendre la chamade qui bat en nous. Dans la bagnole surchauffée, on avale les kilomètres – les *derniers* kilomètres – en sirotant les bouteilles d'eau qu'Océane nous a données pour la route.

Mon cœur à nouveau chahuté.

Un panneau : *Nice, 54 Km*.

Toute proche, si proche – *trop !* –, cette « luxueuse villa de l'arrière-pays niçois ».

On se rapproche de lui. Mais de qui, finalement ?

D'un homme que je ne connais même pas.

Mon coupable idéal.

D'un homme qui a sûrement ouvert ses volets en souriant ce matin, salué par la lumière et la beauté qui l'entourent. Cet instant divin qui nous permet de compter les jours de vacances qui passent. J'ai beau chercher l'entrée d'un songe, Papa n'est derrière aucune porte.

Tu flanches ?
Tu vas flancher, Joan ?

Hugo imite des bruits de pneus qui crissent à chacun des innombrables virages qui nous envoient côtoyer la palette vive d'un itinéraire unique. On grimpe sur la corniche d'or, Blanche et moi vacillons d'extase, trop fascinées par le paysage pour lui ordonner de la fermer une minute.

Au-dessus de nous, on croirait qu'une plaque blanche a été vissée au ciel. J'ai déjà vu ça : séquelles de violents incendies de forêt.

Le vieux monde qui brûle.

Nous roulons en plein magma. Un décor de Western avec au loin, la grande bleue qui joue sa sérénade.

J'aurais tellement aimé partager ça avec toi, Papa. Tous ces décors qui te fascinent et qui te renvoient à tes mythes et rêveries. Tu nous imaginerais, là ? La fumée des terres arides blessées par le feu s'élève à notre passage, nous la horde sauvage ! *Mucchio Salvegio*, cet air que tu aimes tant, résonne pour annoncer notre arrivée. La Ford galope, on emmène le monde avec nous pour le prendre à témoin. Est-ce que tu imagines ?

Est-ce que tu *respires encore*, Papa ?!...

Il faut que je m'échappe. Sortir du réel sans frôler la rupture. Je ferme les yeux.

La voix d'Hugo en pleine extase :

– Je t'assure qu'en prenant un bon élan, je crois bien que je pourrais plonger dedans.

– Toi, tu me tends le bâton !!! lâche Blanche excédée.

Et lui, avec son plus beau sourire lubrique :

– Tu crois pas si bien dire.

D'accord. Si on fait un remake à cette histoire, je propose de remplacer Hugo par un futur agrégé de Lettres classiques, timide et sportif. Ce sera peut-être moins drôle mais plus reposant, des fois.

Chut.

Allez, mets-toi en veille.

Prépare-toi.

***

On s'arrête sur le bas-côté, avant la descente.

On croise pas mal de camions de pompiers qui patrouillent. Alerte maximale j'imagine, avec le soleil comme alibi pour les fous, dans ce paysage irradié. On se passe une bouteille d'eau qui peine à rester fraîche ; la mer nous nargue.

Blanche s'est avancée sur le bord de la falaise. Elle nous demande :

– Pourquoi je vous ai rencontrés ? Vous croyez aux coïncidences ou bien c'est écrit quelque part, tout ça ?

Je m'avance un peu.

– Moi je crois aux vraies rencontres qui bouleversent une vie en quelques instants. « L'alchimie de l'inexplicable ». C'était… c'est une formule de mon père.

Hugo y va de son point de vue :

– Moi, Blanche, j'crois qu'en vérité t'avais passé commande auprès de forces supérieures et qu'elles avaient pile le bon créneau : livraison de bonheur et gros zizi en moins de 30 minutes.

On secoue la tête. Il la rejoint et elle pose sa tête sur son épaule. Je reste légèrement à l'écart.

Toujours, le soleil impitoyable – et alors je suis violemment attaquée par une pensée qui devient évidente :

Tu ne peux pas leur demander ce sacrifice.

De quel droit ?…

Le risque trop grand, la faute trop lourde.

Tu n'as pas le droit de les faire payer pour toi. Pas le droit !

Je fais couler un peu d'eau sur ma nuque et mon cou. Elle dévale sur moi, trempe mes vêtements et fait naître une chair de poule bienvenue. Et puis une autre bouteille, vidée sur mon visage. Toute la bouteille, sans m'arrêter. L'eau bondit sur moi. L'eau, j'étais si bien dans l'eau. Sous l'eau. En renaissance. Au calme.

Léger vertige. Hugo me regarde, perplexe. Je suis trempée, mes vêtements collent à ma peau et laissent peu de place à l'imagination. La tête légèrement baissée, regard d'effrontée. Pour voir. Juste pour voir… *Arrête ça, Joan. Ce n'est pas toi, pas vous, alors ça n'a aucun sens. Reste intègre, reste toi-même.* Il ne me reconnaît pas, semble désarmé. Je ne savais même pas que j'avais ce pouvoir-là… On dirait qu'il est hypnotisé par chacune des gouttes qui coulent sur moi. *Eh oui, c'est moi : Joan.*

– Ça va ? il me demande d'une toute petite voix.

Presque gêné. Lui !…

– J'avais chaud. On y va ?

Blanche reconnaît ce regard. Grande sœur compréhensive de mes refoulements de colère, elle me rejoint à l'arrière et m'invite à poser ma tête sur ses genoux. *Excuse-moi*, en guise de regard levé sur elle. Et elle sait, elle a déjà oublié. Mais pas moi. Ses doigts glissent sur mon visage, rendant à mes traits leur habituelle insouciance.

Tu peux le faire. Tu peux tout faire, si tu le veux vraiment – et rien ne peut t'arrêter.

***

Les noms de cités balnéaires défilent, l'imagerie des vacances s'affole. Ces panneaux qui sonnent de plus en plus comme des avertissements. On est si proches, et j'ai peur.

Le bruit du moteur de la Ford, devenu aussi familier que la route ou le ciel bleu.

Mon père toujours aux abonnés absents – et mon refus, toujours, d'appeler l'hôpital.

Cette sensation si forte de m'être atrocement fait voler, à travers ce choc... Une collection de mots qui ricochent entre eux : *Innocence*, *Jeunesse*, *Rêves*, *Illusions*.

Ce n'était pas à eux de me faire entrer dans le monde adulte. Et pas de cette façon. *C'était à lui*. Heureusement qu'il y a eu ces trois jours. Heureusement, car j'ai retrouvé la couleur de certains de ses mots, et j'en ai approché d'autres, que je garderai pour moi. Que j'enfouis.

On grandit dans les épreuves ? J'ai bien compris le message.

Il n'y a de fatalité que ce qu'on en fait ? OK, pigé.

Ces adages ne sont même pas de mon père, mais de Monsieur Prijent, mon prof de français.

Je l'adore.

La beauté sauvera le monde, aussi. Mais ça, je crois qu'il l'a emprunté à quelqu'un.

Le meilleur cours de toute ma vie, sans conteste.

Mr Prijent : *Bon, aujourd'hui nous allons faire la découverte des* Frères Karamazov *d'Émile Zola. Des remarques ?*

Silence endormi de la classe.

Mr Prijent : *Parfait... Donc, un grand et beau roman courtois sur la perte des idéaux de la jeunesse face à l'épreuve de l'âge adulte, dont l'action se situe en Patagonie au 12e siècle. Je vous demande de le lire pour dans quinze jours. Vous aurez un contrôle dessus d'ici... disons une semaine.*

Ça bâille. Ça note docilement dans le cahier de textes. Soupirs soûlés. Quelques regards étonnés, deux ou trois paires de sourcils franchement froncés, mais aucune voix ne s'élève.

Mr Prijent : *Jeunes gens, je vais vous poser une question : à quel âge commence la majorité, en France ?*

Quelques « *Ben, 18 ans* » filent çà et là.

Mr Prijent : *Ah ! 18 ans. Quel bel âge, la vie devant soi, vous serez probablement le même qu'à 17 ans sauf qu'en plus vous aurez le droit de vote. Ça y est, vous serez des citoyens respectables et dignes d'être entendus. Parfait. Alors DANS CE CAS, est-ce que vous allez attendre encore longtemps avant de L'OUVRIR quand on vous raconte n'importe quoi ?! Non ?! Vous allez gober tout ce qu'on va vous dire sans rien faire ? Bon sang, réveillez-vous un peu, de l'orgueil bon sang, apprenez à dire NON ! Et cela, dès hier !!! Apprenez à prendre ce droit !!! Évidemment, certains d'entre vous ne comprennent toujours pas la raison initiale de ce monologue, j'y reviendrai. Mais, bon sang, si on vous dit que* Les frères Karamazov *a été écrit par Zola, dites : « NON, c'est faux ». Et surtout, si on vous dit : « Quinze jours pour le lire, contrôle dans une semaine », REFUSEZ, RÉSISTEZ. Apprenez à vous faire respecter, ne vous contentez pas du non-sens et de la médiocrité, intéressez-vous, soyez curieux, responsabilisez-vous ! Vous méritez tellement mieux !!! Et bien sûr, cet exemple est valable pour d'autres applications de notre société. Je vous le redis : soyez responsables, vous avez un vrai coup à jouer, là où nous, on s'est pas mal plantés apparemment. Mais si vous continuez à vous bâfrer de musique d'un seul clic, à acheter 500 DVD pour 10 euros et des paquets de 30 steaks pour 5 euros, et qu'en plus vous vous offusquez quand on vous dit que vous mangez du morse, ne vous étonnez plus, le mur est pour bientôt !! Si vous arrivez à comprendre cela, une partie de mon boulot est faite, et je pourrai finir ma vie pépère dans les îles Canaries, grâce à la retraite que vous me paierez en imaginant que le monde peut encore être sauvé. Merci.*

Blanche se repose contre la vitre, mais ses mains conservent la cadence de ses caresses tendres. Remède de grande sœur.

– Eh les filles, vous savez que je pourrais devenir riche en trois jours, ici ?

– Comment ? En vendant des coques de portable fluo sur la plage ?

– Non : en monnayant mes prouesses sexuelles à des épouses de grands patrons, délaissées, qui n'oseraient pas s'avouer que je leur rappelle leur grand garçon parti faire ses études aux States… C'est peut-être ça, la vraie façon de baiser le système ! Et avec tout le pognon, on se lance enfin dans notre idée de fromage de bouc !

– Avec toi, ça vire toujours au sale.

– Je m'adapte au monde qui m'entoure : je suis son plus fidèle enfant.

Blanche répond les yeux fermés :

– Sûrement que tu vas me trouver vieux jeu là-dessus, mais je suis assez exclusive. Et puis, si tu veux que ça rapporte, ton petit business, va falloir t'entraîner.

La flèche atteint Apollon dans ce gigantesque talon d'orgueil qui l'a toujours empêché – jusqu'à Blanche – de trouver chaussure à son pied. Avant de riposter, il épie ma réaction, et comprend que je m'amuse de l'échange.

– Si tu crois que c'était facile de faire ça dans cette boîte à chaussures… La prochaine fois, je demanderai à mon frangin de se découvrir une passion pour les Cadillac de 25 mètres.

Elle lui ébouriffe tendrement les cheveux.

– Te vexe pas. C'était pas mal du tout, pour une « tou-toute première fois ».

On dirait qu'il avale de travers, Casanova.

– Ma... Ma première fois ?! Tu blagues ou quoi ? Ma première fois, elle remonte à tellement longtemps qu'elle doit être grand-mère, maintenant !

Elle fait de lui ce qu'elle veut. Et il plonge. Et je sais que cet échange est sous-titré pour chacun d'eux de grands : *Dis-moi que tu m'aimes et que tu as passé le plus beau moment de ta vie !* Mais voilà, les sentiments profonds sont tellement plus difficiles à dévoiler en face d'un miroir que d'un mur... Elle l'asticote encore :

– Et elle était bien, cette si ancienne première fois ?

– Pour elle, tu veux dire ?

– Gros vantard.

Hilare, elle se tourne vers moi – j'anticipe :

– Non-non, n'essaie même pas ! Je ne suis pas concernée par le sujet. Moi, j'en suis encore au refrain : « On verra ». Hugo a une thèse de 800 pages sur mon cas.

Elle paraît étonnée de ma réponse. Ébahie, même.

– Eh oui, je n'ai pas honte : ça existe encore. Et toi, Blanche ? Ta première fois ?

Elle se penche vers mon oreille.

– En fait, tu le sais déjà...

Furtif regard d'Hugo, qui rêverait de collecter nos messes basses.

On se regarde alors, et on l'écoute se lancer dans une ode aux joies des corps-à-corps sans lendemain. Et comme ça ne prend pas avec nous, il passe à autre chose.

***

Nice. 11h30. On y est. La fin du voyage.

On roule dans la ville, la Ford parade, nous sommes là… Penchée sur l'iPhone d'Hugo, j'essaie attentivement de relier notre trajet à l'adresse griffonnée sur un papier. Mon regard bute parfois sur la boîte à gants, ricoche, y revient. Pire qu'un matin d'exam. Pire qu'une faute à confesser.

Pour affronter ma peur, je pense sans arrêt à mon père – éteint, alité, victime. À ce moment où Hugo m'a soutenue quand je m'effondrais, à mon angoisse qu'il a su dresser. Je vais le faire. Je vais vraiment le faire. Pour que seule la colère subsiste. Pour ne pas tout abandonner, se fixer à ce but concret et fou. Tant pis si c'est fou ou ignoble, je vais le faire, il n'est plus question de pardon, je vais punir l'injustice, assumer mes élans de colère en imaginant une armée à mes côtés. Armée d'opprimés, notre main vengeresse. Pour que plus jamais on n'ait peur de dire « *demain* ».

– Oh, l'enfoiré ! Elle est chouette, leur crise… siffle Hugo.

Nous sommes stationnés devant un véritable musée du luxe et de la réussite, avec piscine et jardin de la taille d'un terrain de foot. Signes extérieurs qui attirent les jalousies, souvent. Moi je veux bien leur dire bravo, ça ne me dérange pas. Tant que personne n'essuie ses chaussures sur mon père pour protéger sa petite place dans notre grand bond en avant.

La bâtisse ressemble tout à fait à celle que j'imaginais quand je lisais *Autant en emporte le vent*. Derrière le solide portail clos, une autre dimension, une autre réalité, animée par d'autres enjeux que les nôtres.

Il est là.

Lassale. Il est forcément là : on aperçoit deux voitures garées à l'intérieur. Je me sens toute petite face à son statut de *Grand Patron*. Le pire, c'est que je pourrais même le trouver bel homme, d'après les photos qu'on a dégotées, genre Clooney frenchy, équipé pour humilier des générations d'arrivistes. Au début je voulais l'imaginer ventripotent, l'image arrondie des porcs qui ne respectent rien et qui se bâfrent du succès… Trop facile.

On s'observe, tous les trois. Je pense qu'on essaie de sentir, de deviner comment va s'articuler la suite.

Par exemple, je sonne ?

– Bonjour, excusez-moi de vous déranger, mais à cause des décisions que vous prenez tout en haut, mon père s'est retrouvé vraiment tout en bas. Sans rien avoir demandé à personne, vous comprenez ? Du coup, il a fait une connerie, et une belle. Attendez, c'est pas fini. Moi, du haut de mes presque 17 ans, je dis que c'est de VOTRE *faute et je vous demande de me rendre des comptes. À vous de m'expliquer pourquoi mon père a été harcelé à en crever, jusqu'à ce qu'une telle idée germe dans sa tête, et ensuite dans la mienne. Ah oui, au fait, je ne suis pas un cas si isolé que ça. On est un virus. Qui court et se propage. Lisez les faits divers et priez pour qu'on n'arrive pas aux gros titres. Je suis donc là pour vous hurler ma haine à coups d'arme à feu. Je deviens folle, et ou c'est vous ou c'est moi…*

[Agacé, l'homme tourne la tête pour appeler son vigile, son majordome ou qui que ce soit, je lève le flingue et je tire, une fois, dans sa poitrine. Détonation assourdissante, le sang gicle sur mon visage et on file à l'anglaise.

Ils ne nous rattraperont jamais.]

On reste là. Face au portail infranchissable. Jusque-là, on a réussi à relier notre point A à notre point B, et il va bien falloir mettre le point final…

De toute façon, la digue qui a volé en éclats ne pourra pas être réparée. Et on le sait tous, la bête attend dans l'ombre, elle qui se nourrit de nos sentiments les plus troubles. Elle a su patienter et nous regarder vivre, mais nous a indiqué, à chaque fois, la route à reprendre. Elle a besoin d'être nourrie, elle qui est née de l'humiliation. Elle veut nous voir tenir nos promesses. Je peux sentir son pouls en moi.

Oh, j'ai les jambes lourdes… Les yeux sans doute bien marqués… Autour de nous rien ne bouge.

– Et maintenant ?

Ma voix les a fait sursauter.

***

On encercle la Ford, elle nous soutient. Protégés du soleil par un grand palmier. Je pourrais compter les pas qui nous séparent du portail.

– Qu'est-ce qu'on fait, Hugo ?

Allez Monsieur Miracle, une idée, une solution qui me vaille. Aide-moi, comme tu le fais toujours. On entre, je tire ? On sonne, on entre, je tire ? Comment je fais ? Mon cœur bat la chamade et Hugo a ce visage, le même visage que dans le champ, il y a si longtemps… Je n'aime pas ça.

– Joanny… Je ne sais pas.

Le voilà, le coup de poignard. Tu flanches, Hugo ? On avait dit : TOUS les deux.

Il fuit ton regard, non ?
Oh le vilain petit couard…

Je trépigne d'agacement.
– MAIS QU'EST CE QU'ON DÉCIDE ? COMMENT ON PROCÈDE ?

Je le sais bien, je l'ai toujours su, que dans toute ascension le plus dur n'était pas d'arriver au sommet, mais de redescendre. Alors voilà, on a réussi, on est en haut. Et maintenant ?

Parle-moi. Toi aussi, Blanche. Parlez-moi ! Pourquoi ils disent rien, merde ?

Il réitère, d'une voix lourde :

– Je sais vraiment pas, Joanny.

– Mais tu pensais faire quoi, MERDE ?

Il se tourne vers moi.

– J'EN SAIS RIEN !!! Tu crois que c'est facile, qu'il y a un manuel ?! J'ai beau crever d'envie de finir en beauté, j'y arrive pas. Oui, parce que ça veut dire *crever*, de faire ça, t'y as pas pensé en redescendant deux minutes de ton trip à la *Tueurs-Nés* ? Si c'était si simple ! Je pense à toi, à nous, les choses sont… différentes.

– Non, pas du tout. Mon père est toujours entre la vie et la mort à cause de cette mascarade… et moi je suis toujours là pour le venger !! Tu te souviens, mon père ? HUMILIÉ, détruit par tout un putain de monde que ce genre de mec dirige !

Je m'arrête d'un coup, parce que quelque chose s'éclaire au fond de moi. La peine subsiste, et la douleur, mais… la peur s'est estompée. Elle reste simplement tapie sous la colère – n'empêche, je sais maintenant ce que je vais faire et comment. Mon corps le sait, même si mon esprit l'ignore encore.

– Écoutez. Si vous avez des doutes, je comprends… Vous au moins, vous avez quelque chose à regarder. Alors vas-y Hugo, va VIVRE.

– Calme-toi, Joanny.

Je triture ma chaîne, comme un mauvais présage. La dernière digue a rompu. Pas de dénouement. Pas de demain et plus d'hier. Alors, comme on le fait tous, je n'ai plus qu'à diriger ma rancœur sur une autre cible. Une qu'on aime ; tellement plus facile de salir ce qui est pur.

– J'ai aucune envie de me calmer. Fini de vivre à la Hugo, fini de balancer des grandes phrases et d'être UN MOUTON DE PLUS, en fait, un lâche qui m'a menti ! C'est *toi* qui as monté ce plan, c'est toi qui m'as emmenée avec toi. *Tuer le grand patron*… TU PARLES !

Hugo s'approche, je recule. Fini, ça aussi ; ses bras ne seront plus un remède. Il a l'air furieux, vexé.

– Je l'ai fait pour toi, je te signale. Pour que tu prennes conscience que ce monde dans lequel tu voulais basculer est sans issue. Violent, moche… ignoble. C'est une descente sur Terre Joanny, même pas en enfer, une réalité qui nous entoure *vraiment* et qui pue, et que tu ne *dois pas* approcher. Je serai ton blindage autant qu'il faudra : vas-y, cogne si ça fait trop mal. COGNE ! On ne peut pas tout foutre en l'air, Joanny. Je… Je voulais te montrer qu'il pouvait aussi exister… autre chose. Je n'ai JAMAIS flanché, même si tu penses le contraire ! Tout l'inverse. Depuis le jour où on m'a annoncé que ma putain de maladie était en rémission, je me suis juré de toujours protéger ceux que j'aime, *quelles que soient les façons d'y arriver*. Aujourd'hui encore, je me demande pourquoi je suis toujours là. La vie est si... bizarre ! Regarde tout ce qu'on a vécu, toute cette joie, merde, et ce bonheur aussi... nés du chagrin.

Blanche se tient la tête, un regard navré dévore son si joli minois. J'ai honte mais je n'ai pas fini :

– Je l'ai compris, ton *super* message. T'inquiète pas, la leçon a bien été comprise, et depuis un bon moment. Sauf qu'il ne s'agit plus de moi, il s'agit de *LUI*. Je suis sa fille, et quelqu'un doit payer. C'est un truc que tu ne peux pas comprendre, en réalité. Tu te couches, pas moi !

– Mais bordel Joan, tu vas faire quoi alors, hein ? Tu vas aller tuer un homme, c'est ça ? TUER un homme, on en a tellement parlé, je te l'ai répété et répété, ce n'est pas juste un fantasme, c'est pas un jeu. Je t'ai gonflée à bloc, poussée à bout plusieurs fois pour voir au plus profond de toi. ET TU NE PEUX PAS LE FAIRE !! On le sait très bien. Et tant mieux, d'ailleurs. Ça me rend fier, si tu veux savoir ! Parce que ce n'est pas toi, ça ne le sera jamais. Grâce à *lui*, justement !! À aucun moment je ne me suis moqué de toi. Je t'ai protégée pour amadouer ta haine, et on va la dissoudre tous ensemble, grâce à toi, grâce à Blanche. On baise le malheur, Joanny, on conjure le sort, on EST le putain de remède !

Blanche à son tour entre dans l'arène, tente de chasser la bête :

– Joanny, faut pas tout gâcher, d'accord ? Je veux pas ça, je pourrais pas le supporter. Vous êtes devenus en si peu de temps une des rares lumières dans mon monde tout gris. Ça existe, on le sait toutes les deux qu'il y a des raisons d'espérer. On écrira ce qu'on veut, on est libres.

Je la revois avec sa petite Marie, je revois Hugo dans le champ, je revois mon père. Tout forme un maelström d'étoiles aveuglantes qui ne fait que nourrir ma perte de repères. J'ai tellement envie de lui tendre la main, si honte de ne penser qu'à ma peine. *T'es la seule à souffrir sur cette putain de planète, peut-être ?*

Peut-être. Mon égoïsme devient frustration et je dois absolument m'en débarrasser sous peine de m'effondrer. Mais bordel, je refuse d'avoir fait tout ça pour rien !

Je foudroie Hugo de mon regard insolent. Si je souffre, il doit souffrir. Je me déteste mais tant pis, je vous déteste tous.

– Non. Ça ne prend pas. Si ma vie c'est sans *lui*, je n'en veux plus ; je refuse ces conditions, je refuse ce monde.

– Je serai là, moi, et t…

– Pas toujours, Hugo ! Tu pourras pas toujours être là, et tu le sais. Je pourrai pas survivre.

Blanche m'attrape la main. Je fais un effort surhumain pour ne pas me dégager. Parce que c'est elle.

– On n'en meurt pas, Joanny. C'est ça le plus dur, mais c'est aussi ce qui fait que ça vaut la peine. Tu crois que tu vas en crever mais non, et nous, on sera là. Fous pas ta vie en l'air. Les barreaux, c'est… plus de vie du tout, tu comprends ? D'un coup. Plus de vie.

Mes joues sont couleur sang, l'air m'abandonne à petit feu. Je panique. Mais ma fureur refuse de me lâcher.

– Alors pourquoi tu l'as acheté ce putain de flingue, si t'as toujours su que t'irais pas jusqu'au bout ? C'est quoi, une mise en scène pour me donner une leçon de morale ? Me montrer combien la vie est « importante », ou alors c'était une fumisterie pour jouer les hommes d'honneur et te défiler ensuite ? TU FLANCHES !!!

Je suis juste sous son menton, son souffle sur moi. Ses mâchoires comprimées. Pire que notre premier clash. Notre… rupture ? *Qu'est-ce que je suis en train de faire, bordel.*

– Vas-y, cogne, Joanny, vas-y. Recommence, t'arrête pas, jamais, jusqu'à ce que ça disparaisse. Si tu veux me voir dans ce rôle, te prive pas, j'encaisse bien. Tu crois que t'es la première épreuve de ma vie ?

– Sale con. Je t'emmerde. Sale connard.

Mon petit poing à nouveau, contre son torse puissant. Je le frappe encore. Il ouvre les bras.

– VAS-Y !!! COGNE !!! Moi je sais plus quoi faire, alors cogne, pour de vrai, je ne sais plus gérer tout ce qu'il y a en toi !… J'y arrive plus…

Je me fous qu'il ne retienne pas ses larmes. Je m'en fous et je persiste, idiote, perdue :

– Alors c'est ça… Le voyage est fini, on fait demi-tour, on est un peu tristes et merci pour la balade ?… c'est ça…

– De toute façon je t'aurais pas laissée faire, lâche Blanche de sa voix assurée.

Ses yeux brillent. Ils m'encerclent.

– Ah, d'accord… vous êtes de mèche… Vous en avez parlé avant de baiser, ou juste après ?… On va la calmer la folle, il suffira de la mettre au pied du mur et elle va flancher, c'est ça…

– Joanny, arrête. On n'a rien comploté, avec Blanche. Ça n'a rien à voir. Ce que je vais te dire va te faire mal, mais il le faut : ça n'en *vaut pas la peine*. Ce type là-bas, il n'en vaut pas la peine. Moi, je les emmerde. Ce sont juste des nuages menaçants, ils passent, nous on reste, on a tellement plus important à faire !

– Non. C'est pas aussi simple… Pas cette fois !

Il prend mon visage dans ses mains. Effet immédiat ; il a toute mon attention.

– Joan, putain ; *non* le monde va pas bien, et t'en as effectivement payé le prix fort, *non* c'est pas réjouissant, *non* ça va pas aller en s'arrangeant, mais qu'est-ce qu'on devrait faire ? Chez les Ricains on descend dans la rue et on fume tout ce qui passe, chez nous on se shoote au Xanax et on se fout en l'air – éventuellement après avoir blessé le patron d'une balle dans l'épaule, vu qu'on sait même pas viser. C'est ce que tu veux ? NON. Je ne dis pas qu'on va se résigner à souffrir en silence. Il existe d'autres chemins.

Ma voix n'est qu'un lent tremblement :

– T'y crois même pas, à ce que tu dis. C'est des conneries de rêveur de merde.

– Si, Joan, j'y crois. Ignorer leur monde, bâtir le nôtre, le tien… Ton père *vit* en toi, tu as un DEVOIR de transmettre ce qu'il t'a appris… Tu le lui dois, tu m'entends ? Lui, il croit en toi et même là-haut…

– « Là-haut »… Connard, putain… Connard !…

– Même quand il sera *mort* – et pour l'instant il ne l'est pas, Joan… Même là, il croira toujours en toi. Nous, on est invincibles si on garde la force. Nos meilleures armes, ce sont nos combats ordinaires, et ils sont bien plus efficaces, crois-moi. Nos valeurs qu'on trimballe. Il faut qu'on apprenne à regarder loin. Ouais, du « long terme », même si ça me bute de dire ça, parce qu'un jour je serai bien forcé de la mettre profond à Peter Pan et d'avancer ! N'empêche : *jamais* on n'oubliera d'où on vient.

Ça tourne trop vite, en moi et autour, j'ai la gerbe, j'en ai tellement marre. Il pose ses lèvres sur mon front. Je le laisse faire. Embrasse-moi, OK. Embrasse-moi *mieux*. Encore.

– Joan, tous les trois, on PEUT lutter, il est hors de question que je te laisse assassiner un homme, même si je t'ai juré qu'on le ferait. Ma parole de veiller sur toi, je l'avais déjà donnée quand j'étais prisonnier de ce qui aurait dû être mon lit de mort, il y a longtemps. Si ça s'appelle grandir, alors merde, ça veut dire qu'à force de me demander de le faire, ma mère a peut-être réussi un truc ou deux. L'autre bâtard de *Faciale*, je peux lui péter les genoux à la rigueur, mais y aura toujours ce moment dans ma vie où je repenserai à ça avec honte, où je reverrai ma mère qui rentre du taf, crevée, et qui prend le temps de me soûler avec ce qui est bien et pas bien. Je pourrais tuer pour elle, mais je ne le ferai pas.

Mes larmes sont inconsolables. Même sous son baiser. Blanche se blottit contre moi.

– J'ai trop mal.

Ils restent silencieux au milieu de mes hurlements.

INTERLUDE : VASCO & DJIB

Vasco et Djib échoués sur une plage surpeuplée.

Djib se sent enfin libéré des remontées acides dues à ses mélanges alcool, mauvais kébab, canicule. Il peaufine un château de sable au pied de la Méditerranée. Vasco a connu des lendemains moins douloureux dans la zone supérieure… il est parfait dans le rôle du mollusque. Leurs baignades épisodiques et salutaires sont des rêveries qui les accompagnent doucement vers la réalité de la fin de l'après-midi.

La soirée s'est déroulée comme un plan sans accroc – Vasco aux commandes, en maître incontesté des « galériades » ou Olympiades de la galère qui se changent en cérémonie des Oscars. Tour de passe-passe aux vigiles, rencontres avec quelques demoiselles : échec ; nouvelles rencontres avec des demoiselles : capricieuses sur les signes extérieurs de richesse à fournir. Mais le duo fonctionne toujours aussi bien quand il est lancé. Sourire de blouson noir au grand cœur VS charme d'ébène première classe : bingo.

Un résultat épatant. Quelques verres, des anecdotes servies par la tchatche, un petit matin à l'éclairage mirifique face à la mer et des baisers gourmands qui en appellent d'autres. Ensuite, baignade en boxer et finalement, l'effondrement logique des organismes sur le sable fin.

Vasco exhibe son corps traversé de tatouages, paroxysme de la démonstration de style au pays des apparences. Le front barré de la « petite ride sexy » qu'il cajole depuis ses 22 ans, les yeux rouges cachés par des lunettes. Pendant ce temps, Djib, tout en muscles fins, renvoie pour la troisième fois un ballon du bout du pied à un groupe de jeunes filles hilares.

– Ç'a été le plus beau week-end de notre vie, hein poto ?

– Ouais, même si j'ai l'impression d'avoir été bouffé par un Wookie et chié sur une tribu d'Ewoks.

– Je rêve d'une glace.

– Oh putain, moi aussi. Mais on n'a toujours pas de thunes.

– Et alors ?! On en est loin de ce monde, maintenant ! Suis-moi et dans cinq minutes on se les bouffe, nos deux belles boules…

– …

– Ouaip, je viens d'me rendre compte de ce que j'viens de dire.

***

Les pieds brûlent, le dos crame, les visages coulent. Le soleil est pourtant bien redescendu. *Un été historique, d'après la météo.*

Vasco et Djib arpentent la plage par le haut, chacun tient une glace. Deux mômes. Sur chaque passage d'une 18-35 ans, Vasco bondit aux portes du torticolis.

La journée touche à sa fin, et la soirée sera une nouvelle raison de ne pas penser au lendemain.

Et après ?

Djib respire à pleins poumons. Demain. Pas besoin de s'inquiéter, si le manque de sommeil tue, il ne leur reste plus longtemps à vivre. Tout pensif devant trois jolis corps couleur miel, il lâche :

– Tu te verrais pas vivre ici ?

– Non, la bouffe de ma mère me manquerait trop. Et puis…

– Hugo.

– Ouais, j'avoue, il me manquerait un peu, le petit bâtard.

– Non, Vasco : HUGO !!! Mate, Hugo, IL EST LÀ-BAS, la vie de ma mère ! C'est lui !

Leur interlude glacé prend fin.

*

Les miracles existent : on a trouvé une place pour garer la Ford pas trop loin de la plage.

J'ai la sensation d'avoir pris une flopée de coups dans les yeux et dans le ventre. Mais je sens que c'est passé. Plus ou moins. Le calme envoûtant de la grande bleue, peut-être. La main de Blanche dans la mienne. D'aussi loin que je fouille mes souvenirs, c'est la première fois que je tiens aussi souvent la main d'une fille depuis que j'ai quitté la primaire. Pas mon truc, mais là, une fois encore, tout est différent.

Hugo est un peu à la traîne, mains dans les poches, torse nu, le regard qui vagabonde sur la masse grouillante des plagistes.

L'engueulade a secoué tout le monde. On a tous envie de penser à autre chose, mais les mots demeurent, toujours. Tout demeure. Nos armures brisées. Je voudrais tellement que notre âme à vif souffre le moins possible des séquelles ! Ma conduite. Ma faute. JE suis la coupable. Le déferlement de la bête. *Et alors, tout ça pour rien ? T'as flanché… Un flingue dans la main d'une petite fille comme toi, tu y croyais vraiment ?…* Vilaine chanson qui continue de m'entêter.

Pourtant quand on se regarde, je nous reconnais. Ce que nous sommes. Même dans le doute nous resterons unis.

Blanche me parle calmement :

– Tu pouvais pas faire ça. On ne se remet jamais d'un geste pareil. Ça te salit, alors que tu vaux tout le contraire. Même si sur l'instant il n'y a que ça qui existe.

– Quand j'ai appris la nouvelle... Quand j'ai vu mon père... c'est comme si un sentiment enfoui en moi depuis tellement longtemps était remonté. Comme si je l'avais toujours su, qu'un jour ou l'autre ça *devait* arriver. Cette vision, cette idée de vengeance, ma seule échappatoire. Retrouver un but... Un coupable.

Blanche jette un sourire tendre à Hugo, tout en s'assurant qu'il ne nous entend pas :

– On est plus forts que la haine, Joan. Beaucoup plus forts. Moi, j'ai fait le déni de ma propre enfance pour pouvoir un jour passer à autre chose ; MA vie. Et je reste persuadée que tout se paie. Quand je vois les yeux de ma mère qui mendie de l'amour en retard et que je peux rester de marbre face à elle, c'est déjà ma victoire. Quitte à en chialer. Un jour je lui dirai merci de m'avoir montré tous ces chemins que je ne prendrai pas. Et alors, peut-être, je lui pardonnerai. Je ne sais pas. Toi et moi, on doit apprendre à choisir ce qu'on va faire ici.

Ses mots sont exactement ceux que mon cœur veut entendre. De confession en proposition, Blanche se diffuse à l'intérieur de ce qui me ronge. Et lentement l'alchimie opère : le soleil ne frappe plus, il console. Plus ou moins. Le sable n'est plus désagréable mais apaisant. Presque. La matière reprend ses droits, et l'angoisse se change un peu en... paix ?

À moi de me confesser :

– Je n'ai plus appelé l'hôpital depuis vendredi soir, quand on s'est rencontrées. J'ai trop peur, et maintenant je n'arrive plus à le faire. Ma mère m'a laissé plein de messages, je n'ai même pas répondu. Je fais semblant. Je n'arrive plus à m'imaginer une vie normale.

– Elle ne le sera plus, tu sais. C'est vrai. Elle sera différente, mais elle sera ce que tu as envie d'en faire. J'espère que je ne vais pas te choquer, mais je veux dire qu'elle sera… *extraordinaire*. Tu comprends ? Elle n'aura plus jamais rien d'ordinaire, quoi qu'il advienne. Et tu auras d'autres buts, d'autres horizons. Quand Marie est née, ça a été un merveilleux malheur dans le foutoir de ma vie. Mais aujourd'hui, je sais vers quoi je veux aller. Sortir de ma cage et m'envoler avec elle. Je galère juste à me faire à ce système pourri et à me résoudre à attendre patiemment.

Elle a un regard vraiment difficile à affronter, je comprends qu'Hugo et l'autre abruti en soient tombés raides dingues. Elle continue :

– Quand je vois le bonheur que tu apportes à Hugo, je crois que tu peux déjà être très fière de toi.

– Et nous deux ?

Son sourire est la plus belle des réponses.

On se retourne ; Hugo racle des semelles.

– Tu fais la gueule ?

Il me tend son Schweppes, amer mais ça me fait du bien.

– Nan. Je me rappelle une histoire, une de celles avec plein de sens caché.

– Raconte.

Il hoche la tête, louche sur une échancrure de maillot, se fait rappeler à l'ordre d'un taquet à l'épaule. On s'arrête près d'une paillote et on s'assoit dans le sable chaud. On a l'air tellement « normal ».

– « C'est l'histoire d'un petit garçon qui n'a personne pour taper dans la balle avec lui. Un vilain petit canard, qui se retrouve toujours seul dans un grand terrain vague, avec son ballon. Un jour, une petite fille passe par là et lui, il saute sur l'occasion :

« – Tu veux jouer au ballon avec moi ?

« Elle lui répond :

« – Non, viens, on va jouer à sentir les fleurs.

« Frustré, le petit gars insiste. Alors la petite fille accepte de jouer avec lui et son foutu ballon. Mais elle se montre pas très douée, et à chaque fois qu'elle tire dans la balle, elle l'envoie tellement loin que les deux mômes sont obligés de marcher un bon moment pour aller la retrouver. Et ainsi de suite : à chaque tir dans le ballon, ils passent leur temps à marcher et à causer. Si bien qu'à un moment, ils se perdent et ils se retrouvent en plein milieu d'un magnifique jardin fleuri. La petite fille est heureuse, elle lui dit :

« – Maintenant qu'on a joué avec ton ballon, on joue à sentir les fleurs, d'accord ?

« Le petit garçon réfléchit, regarde sa balle, la laisse de côté et accepte de bon cœur. Et, au bout d'un long moment, il relève la tête et demande à la fille si elle ne l'avait pas fait un peu exprès, au fond. Sa nouvelle amie, en guise de réponse, lui offre le plus beau sourire du monde. Fin de l'histoire. »

Je ne peux décrocher mes yeux mouillés des siens. Mais cette fois, mes larmes sont nourries à la joie et à la fierté. Je réussis à parler d'une petite voix :

– C'est nous… C'est comme ça qu'on s'est rencontrés.

Blanche lui touche la main sous le sable. Fière, je le sais, et elle peut.

Il feint la surprise :

– T'es sûre ? Je croyais que c'était un conte ouzbek !

On en est tous à songer aux morales plurielles de son histoire…

… lorsqu'une *fusillade verbale* éclate près de nous :

– HUGO ! ESPÈCE DE PETIT BÂTARD ! Tu vas avoir la rouste de ta vie, *fodès*, je t'avais dit que je te retrouverais, et je vais, je VAIS…

On se retourne. Impossible, et pourtant : Vasco ! Torse nu, muscles bandés en un mélange d'effervescence et de rage. Derrière lui, je reconnais Djib, son inséparable.

Hugo tombe des nues et Vasco jubile, l'index dressé comme un adulte prenant en flag le petit voisin qui lui pète ses carreaux sans arrêt. Il est tellement furax qu'il a du mal à articuler :

– Comment t'as osé ? C-comment t'as pu *oser* seulement me faire ça ?

Hugo ne se démonte pas :

– Echcusez-moi, monchieur… che chui Octave Fon Hougo, un prinche lucho-bavarois en vacanches… che ne cromprends pas du tout che que fous me dites.

Vasco nous regarde pouffer – le coup d'œil qu'il me jette en douce me confirme que son petit faible pour moi est toujours là. Il ne veut pas perdre la face encore une fois.

– Joan, explique à mon connard de frère qu'il a été trop loin et que je vais le rouster devant la France entière. En tout cas, devant toute la population niçoise. Je suis désolé pour ce qui t'arrive ma puce, mais là il a été trop loin.

Vasco fait environ une tête de moins qu'Hugo, mais ses muscles à lui ne sont pas que de l'esbroufe façonnée pour affoler une certaine catégorie de nénettes. Ses *tattoos* brillent dans sa sueur, sa coiffure a connu des jours plus heureux et ses yeux irradient du sang.

Je lis en Hugo ; il est partagé entre le fou rire et la consternation. Avec peut-être une petite couche de terreur bien compréhensible, aussi.

– Où est ma Ford ?

– Là-bas, juste là ! fait Hugo…

… en lui montrant la mer.

– Tu m'emmerdes ! Rends-moi ma CB pour commencer – et crois-moi, tu vas me rembourser le moindre centime que t'as dépensé, quitte à venir taffer avec moi sur des chantiers. Tu vas la payer, ta petite balade.

Un instant j'ai peur. Vasco est un sanguin, et pris dans la tourmente de la rancune et de l'humiliation, il peut vriller – il l'a déjà fait. Et il commence à serrer un peu trop le poing à mon goût.

Mais il s'arrête net quand il remarque que le flanc de son petit frère est recouvert d'ecchymoses. Son regard bascule. Vraiment flippant, à la limite pire qu'Al Pacino dans *Scarface*.

– Qui… Merde, mais qui t'a fait ça ? Qui a TOUCHÉ à mon FRÈRE ? Joan, dis-moi qui a fait ça, j'vais direct lui FISTER LA BOUCHE !

– C'est elle, fait Hugo…

… en montrant Blanche.

Consternation générale – et changement radical dans l'attitude de Vasco, qui oublie brusquement son frère pour s'adresser à Blanche de sa célèbre voix de cavaleur :

– Salut, mademoiselle ?…

– Elle s'appelle Blanche, dit Hugo en la prenant par la hanche, histoire de poser les barrières.

Les mecs…

– T'inquiète, V, j'ai géré. La Ford a vécu le plus grand moment de toute sa petite vie mécanique. Je suis à peine amoché et, je te jure, tu devrais voir la tronche du mec d'en face. On s'est rechargés en vie, voilà, c'est tout. J'suis content de te voir, vraiment. Pas si relou que ça le week-end j'imagine, si vous êtes ici – c'est sympa, Nice ? Oh, et puis tiens : j'te l'dis pas assez souvent, mais je t'aime, mon frère.

Et sans hésitation, Hugo étreint son frangin qui, tout gêné, le repousse avec un sourire confus. Grand benêt, va. Je savoure autant qu'eux, ou presque, ces retrouvailles inattendues face à la mer.

– Putain, Hugo… Celle-là, si les parents l'apprennent un jour…

Hugo lui fait le gros œil :

– Fous foulez faire chanter Octave Fon Hougo, monchieu Vachco ?

Vasco n'a jamais réellement résisté à l'humour de son frère. Même dans le cas extrême d'un vol de voiture – tant que celui-ci se termine sans casse, en tout cas… Aussi il s'offre le luxe et la joie de rire sans frein.

– Bon, tu me présentes un peu mieux que ça, maintenant ?

Nouvel instant irréel, les pieds dans le sable.

On ressemble à une bande de jeunes en vacances qui profiteraient d'un 14-Juillet plus merveilleux que tous les autres. Plus jamais de dernier train à prendre. Plus de lendemains qui soûlent. Plus jamais rien à faire que de vivre insouciants. Ensemble.

Si seulement.

★★★

On est sous un parasol, occupés à savourer la tournée qu'Hugo offre avec la CB de Vasco – car, non, il ne la lui a pas rendue : le *greaser* tient les comptes et a accepté de se faire encore le créditeur de son frangin contre des intérêts supérieurs ajoutés au remboursement intégral de la dette « la semaine prochaine ». Doux rêveur… En bon grand frère, il teste son charme original sur Blanche, mais la belle reste insensible.

On est si loin à nouveau, alors qu'à quelques encablures, ce *Lassale* se prépare sûrement pour la soirée… loin de son quotidien harassant et chronophage.

En guise d'explication à nos deux aînés, on a plaidé un besoin vital de fuite pour échapper à la réalité. Pas si faux ; mais on n'a bien évidemment pas abordé la vraie nature de cette traversée. Notre objectif. *Enfin, le mien du moins…* Celui qui devient cet Everest au pied duquel nous sommes restés bloqués.

On leur raconte la Nièvre, ils nous racontent une soirée avec un routier qui nous semble hyper glauque mais qu'ils s'obstinent à qualifier d'« énorme ». Vasco nous sort même une histoire de flingue ou je ne sais quoi – dommage, il en fait un peu trop et ça ne prend pas. Son frère est vraiment plus doué que lui pour travestir la réalité. Djib nous parle de son entretien, qu'il est vraiment dégoûté de rater et Hugo lui répond qu'il regrette de ne pas avoir déposé son brevet pour la téléportation quand il l'a découvert « avant de l'oublier deux secondes plus tard » et se mange une mandale pour sa vanne.

Vasco s'étire, résume la situation : leur remontée sur Paris pour arriver frais et dispo dans le 8e à 9 h 15 risque d'être un beau challenge.

– Écoute Djib, si c'est pas celui-là ce sera un autre ! Profite de la vie, un peu !

– Bien sûr Hugo, c'est comme ça que ça se passe dans la vraie vie. Crevard, va ! Je devrais même pas t'adresser la parole, tout ce bordel c'est à cause de votre lubie ! Votre caprice irresponsable… Bon, écoutez-moi une minute. Moi, je savais pas ce qui vous arrivait, mais maintenant je dois te le dire, Joan : je suis vraiment triste pour toi, mais ta place est aux côtés de ton père. Qu'est-ce que tu fais, là ? Encore une fois, c'est pas ça la vie, on ne fuit pas ses responsabilités. Quand mon père s'est barré, moi je suis pas parti faire un tour pour voir comment l'herbe était plus verte ailleurs. Je suis resté tous les soirs à aider ma reum et mes sœurs ! Être un homme, c'est pas rouler à 200 Km/h sur la route du soleil, ce n'est pas péter la gueule à tous les mecs qui te reviennent pas, putain. Être un homme, c'est pouvoir être *là où on t'attend*. Votre génération ne respecte plus rien, sérieux.

Tous nos regards sont sur lui, une armada prête à en découdre. Il présente ses mains, se recule sur son siège :

– Oh là, doucement les jeunes !…

Mais je ne ris pas, même pas un peu. Je sens au fond, que ça redevient noir. Je sens…

Vasco essaie de venir à la rescousse de son ami en calmant le jeu :

– Moi, je comprends, Joan. Vous avez pété un câble, OK, ça arrive. Le plus important, c'est que ton père s'en sorte. Et puis flippe pas, même s'il a sacrément merdé il lui arrivera rien. C'est un gars honnête, sans antécédents. Toute cette merde, ça montre bien comment tout part en couilles, pour qu'un brave type comme lui se mette à taper une banque. Sans arme.

Je serre mes cuisses de tous mes doigts, à en garder des traces.

– *Sacrément merdé* ? Mon père a sacrément merdé, d'après toi ?

– Bah, il a quand même braqué une banque. C'est pas bien permis, je crois.

Vasco sent que la ligne de fond enfle. Coincé dans son développement, il tente une sortie :

– Tout ça, ce sera bientôt derrière vous : cette descente aux enfers. Ça prendra du temps, mais je suis sûr qu'il retrouvera un boulot plus « normal » et du coup une nouvelle vie. C'est… C'est peut-être un mal pour un bien en fait, passer par un drame pour rebondir. Mais c'est vrai que ça montre bien les limites du système. J'avoue que j'suis bien content de plus avoir à me demander ce que je vais faire demain – notre génération c'était déjà chaud, mais alors vous ! Et il ne s'est passé que cinq ans. Ça part vraiment en couilles, là-dessus on est d'accord, Joan.

Hugo s'empresse de passer par-dessus la franchise maladroite de son frère – mais il n'est pas assez rapide : je parle fort, on se retourne sur notre tablée.

– PARCE QU'IL EST VRAIMENT LÀ LE PROBLÈME, TU CROIS ? Ça se résumerait au fait que mon père a braqué une banque parce qu'il arrivait plus à rembourser ses crédits ? Il a fait ça pour crier *Au secours*, pour hurler *Aidez-moi ou demain c'est la rue*, et je sais que tout ça c'est à cause de moi !!! TU CROIS QUE

ÇA NE ME TUE PAS ? Comment t'oses me dire que je suis irresponsable, à moi ?

Je m'arrête, passe le bout de mes doigts sur mes paupières pour me purger de ma fatigue.

– Nan, le vrai problème, c'est tous ces mois à mourir à petit feu au boulot, victime de mecs qui voulaient sa peau, et rien d'autre. La naissance de son mal, c'est le monde qui s'est effondré sur lui, pas là où ça l'a mené.

– Le monde change, tu peux rien y faire. Je pleure les *drive-in* et les vinyles alors que je les ai même pas connus mais tu vois, c'est comme ça.

Je vacille encore un peu plus. Ceci *n'est pas* une discussion entre amis. C'est ma vie, le geste que je n'ai pas osé faire. Tous mes regrets… Regrets… Remords… Regrets… Remords…

– Quoi ? Alors sous prétexte que le monde évolue, il faut qu'on s'accommode des pertes, de la vie qu'on saccage, des familles qu'on brise ? Je m'en fous de passer pour une idéaliste, JE connais MA vérité. Si tout ça n'était pas arrivé, si des *hommes* ne l'avaient pas poussé à s'écrouler, jamais Papa n'aurait imaginé faire ça. Tu me parles de génération ? On est TOUS face à ce monde, vous, nous. Nos parents, tous. Crétin !

Vasco encaisse, gêné, Djib n'ose plus rien faire à part contempler ses glaçons. Blanche les maudit d'un seul de ces regards tranquilles dont elle a le secret. Hugo, enfin :

– Vasco, Djib, raison ou pas, c'est pas le moment. Et ça, vous auriez pu le voir avec un minimum de psychologie, bande de baltringues à morale !

– S'cuse Joan.

– Ouais, s'cuse.

Je n'arrive plus à me calmer, malgré leurs visages désolés. Leurs arguments, l'idée qu'on puisse porter un jugement sur mon père, qu'on puisse imaginer du « mieux » dans ce pire sans même envisager de dire stop. Je refuse. *Si tu te sens si coupable, ma chérie, c'est parce que TU es la cause de son geste. C'est à cause de toi.* OUI. C'est vrai… *Je suis sa fille, et il l'a fait parce qu'il pensait, dans cet instant désespéré, que c'était la seule solution. Comme ce qu'on voulait faire. Veut faire. Je ne sais plus.*

Je me lève, Vasco veut me retenir mais Hugo s'interpose.

– Laisse-la, V.

Je marche les poings fermés, sans me préoccuper de ce qui vient en face. Je bouscule une famille. Une main me rattrape. C'est Blanche :

– Joanny. J'les connais pas, mais je suis sûre qu'ils voulaient pas te blesser. Je comprends qu'il y a des mots qui te rendent folle, que tu ne veux pas entendre. J'te le jure, et… Écoute, j'te dirai ça qu'à toi : une fois, un juge m'a carrément *expliqué* que ma mère reproduisait « simplement » sur moi ce qu'on lui avait fait. Qu'elle était aussi une victime. Je lui ai craché à la gueule ; tout ça pour moi, c'est du vent. Ma fille, quand je la regarde, je le sais au plus profond de moi-même que jamais, je la rendrai malheureuse. JAMAIS.

Elle a une telle force, avec cette voix, son ton assuré et ses yeux gagnés par les larmes…

– C'est ça qu'il faut qu'on comprenne, toi comme moi : rien n'est écrit, tout est à faire. On va le vivre, notre grand chemin, et à notre sauce. Avec nos rêves, nos faiblesses, et on en sera fières. Si nos modèles ne sont pas à la hauteur, on n'a qu'à en changer. Merde, après tout ! Et quand ce sera notre tour de passer le relais, on aura aucun regret.

Regret. Remords. Regret. Remords. Des regards étranges volent jusqu'à nous, deux filles en larmes sur la promenade des Anglais, au milieu des sourires estivaux, des familles sereines et d'une jeunesse qui parade en attendant l'obscurité festive.

– Merci, Blanche.

Elle me tend l'iPhone d'Hugo. Je comprends ; je comprends tout.

Mon esprit accepte ce que mon corps sait.

C'est ma responsabilité, je dois arrêter de fuir.

★★★

J'ai trouvé une ruelle ombragée et calme avec vue sur la mer. Je rallume le portable d'Hugo.

Première lance dans les reins : le nombre de messages est anormalement élevé.

Deuxième lance dans les reins.

Un numéro revient. Toujours celui de ma mère. Quinze messages, en une heure.

Reçu à 11 h 09. Reçu à 11h11. Reçu à 11h15.

Une chaleur étouffante se plaque sur mon visage. Sois forte ; appelle, tu es *responsable*, comme dit Djib.

ALLEZ !

Ça sonne. À chaque silence, je prie pour entendre sa voix sur répondeur…

– Allô ?

– Maman. C'est moi.

– Joan ?! Oh Joan ma chérie, enfin ! Mais où étais-tu, j'ai cru mourir d'angoisse, oh… Oh, je suis si rassurée, tu vas bien ?

– Oui, maman.

– Joan. Il faut que tu reviennes, d'accord ?

Sa voix si douce, si calme. Elle me manque tellement. Elle serait le solo parfait pour parachever notre *mélodie du bonheur*. Comme on se l'avoue des fois, avec Papa, quand on parle d'elle.

– Maman, comment il va ?

– Il faut que tu reviennes, ma chérie… Il faut que tu sois forte.

– Non. Dis-moi comment il va !

– Joan : calme-toi, chérie. Écoute ma voix. Il *faut* revenir.

Non, non… Je voudrais détruire l'appareil. Non !… Je plaque une main contre un mur pour qu'il me retienne.

– Joan, laisse-moi t'aider. Reviens.

– Non… Maman… Dis-moi… Dis-moi s'il… Est-ce qu'il… Maman !?

– Poussinette, il faut que tu sois forte, il faut que tu reviennes. Je suis tellement triste de te l'annoncer comme ça, mais… c'est fini ma chérie, enfin ça va… ça va arriver très vite. Joan, si tu veux l'accompagner, tu dois revenir. Mais sache que c'est ton choix et que je le respecterai. Je t'aime, Joan.

Une lente plainte filtre de moi. Je crois.

Je me laisse glisser au sol. Je crois.

Je regarde longuement le téléphone. Oui. Je le lâche.

La tristesse définitive se propage, mais surtout elle nourrit la bête. Et la rage gronde, la rage comme échappatoire. L'injustice, la haine.

Laissez-moi. Les clefs de la voiture… Voilà. J'y vais. Laissez-moi. Je vous déteste.

INTERLUDE : VASCO, DJIB, BLANCHE ET HUGO

Au bout de quelques minutes interminables, Blanche n'en est plus à se ronger les ongles : elle panique. Ce regard sur la ruelle…

Vasco et Djib, au bar, sont toujours sonnés. Vaseux, à peine intéressés par les courbes charnues qui ondulent près d'eux. Hugo mâche sa paille et regarde la plage se vider à petit feu alors que la ligne d'horizon promet un coucher de soleil à se damner.

– Hugo, ça m'inquiète. Je ne la vois pas revenir.

Il le sait. Au plus profond de lui, il sait ; alors brusquement, il arrête de se mentir et se lève.

Court.

Trouve l'iPhone qui traîne au sol.

– Oh, putain de merde.

– Quoi ? demande Vasco.

– Oh merde. Bordeeeel… Elle va le faire !

– Mais de quoi tu parles ?

– La Ford, oh merde, le flingue, vite !!!

– QUEL FLINGUE ?

– Mais qu'est-ce que vous avez FAIT ?! rugit Djib.

– VIIIITE !!

La Ford est là. Toute fringante. La boîte à gants contient le bazar classique.

L'arme a disparu.

Hugo ferme les yeux... *Joanny*...

Vasco le pousse contre la carrosserie brûlante.

– Un flingue ? Putain Hugo, qu'est-ce que t'as fait ?

Hugo se soumet à la colère légitime. Atone, il cherche de l'aide dans les yeux apeurés de Blanche. Il se reprend, parle d'une voix calme :

– C'est un grenaille que j'ai pécho au bat B. Il fallait qu'elle le voie, qu'elle le porte, qu'elle réalise ce que ça peut vouloir dire... J'ai fait ça pour la protéger, justement ! Pour enfermer sa haine et la... la dissoudre pendant le voyage.

Vasco tout à son rôle de grand frère :

– Hugo, un grenaille ça peut faire de sacrés dégâts. T'es irresponsable, merde !!! Tuer un mec ? Non mais tu te rends compte de ce que ça veut dire ?

– OUI, JE SAIS !! Je sais, Je... J'ai déconné, OK ? Mais une partie de moi, une très grosse, voulait vraiment que ce fumier paie pour tout ça. Ça n'empêche que je sais bien qu'on peut pas buter un mec comme ça... J'ai prié pour que la fuite nous sauve la vie. On y était arrivés. Bordel, on avait pris le contrôle de toute cette haine ! Si elle est partie le faire, alors ça veut dire que son père est... Oh non, je veux pas qu'elle foute sa vie en l'air !

Vasco le secoue. Furieux.

– Buter un mec ? Mais t'as pensé à moi ? Aux parents ? À nous ? Comment t'as osé faire ça après ce que la vie t'a donné, DEUX FOIS, HUGO ! Deux fois Dieu a entendu mes prières, et toi tu voulais tout foutre en l'air ?! T'as pas le droit de me faire ça !! Tu crois que c'est une solution ?

Hugo ne peut retenir les larmes que provoque son frère. Ce n'est plus Planète Hugo, juste un jeune garçon qui a très peur et très mal. Il sanglote :

– Ça te va, toi, de dire ça. Il est beau hein le modèle, toutes tes conneries, les flics, les maisons de redressement, Papa qui pleure… Vas-y putain, rappelle-moi pourquoi il marche encore avec une béquille, ton premier patron ? Tu crois que c'est facile de te suivre ? T'as bien compliqué le parcours, merde… Tu sais combien de fois j'ai eu peur de plus voir ta sale tronche le lendemain au-dessus du bol de céréales ?!

Vasco lève la main…

… mais uniquement pour calmer Hugo, ramener son visage vers lui et le serrer.

– Tu vaux mieux que moi, p'tit reuf, tu vaux mieux que moi. Mes erreurs, j'en suis pas fier. Tu sais ce que c'est d'être dans un monde pour qui t'existes pas, hein ? Mais putain Hugo, même si on me l'a balancée des centaines de fois celle-là, je le *sais* : je ne suis pas un raté, et ça c'est parce que c'est toi qui me l'as dit un jour. Ça m'a sauvé la vie, si tu veux savoir. Et depuis, j'essaie d'avancer avec les moyens du bord, et t'en fais partie. La prochaine fois, tâche de penser à moi quand t'as ce genre de connerie en tête, OK ? Allez, calme-toi, ça va s'arranger.

Il bouge son visage pour capter les yeux fuyants d'Hugo et graver ces mots en lui :

– Tout va s'arranger, petit frère.

Blanche lui arrache Hugo.

– Ben pour ça, faut qu'on aille à la villa. Vite !

Ils sont tous conscients de la rupture dans le réel qui vient de se produire. Le temps est déjà leur ennemi. La folie du chagrin dans le cœur d'une jeune fille aussi.

– On y va. Et c'est moi qui conduis, et personne d'autre ! crache Vasco en serrant son frère à nouveau contre lui.

Sentir son cœur. Au fond.

*

Le matin du malheur.

Papa a mal dormi – enfin, si fermer les yeux veut dire dormir. Il est mal fagoté, piqué dans l'entrée face au miroir. La pile des factures, des relances grossit tous les jours.

Il s'adresse à son reflet et à ses yeux vieillis :

– Merde ! On dirait que je me suis changé en Gandalf…

Ironie qui souligne le temps qui passe.

J'arrive en chemise de nuit, loin de mon standing habituel.

– Tu vas où ?

– Un truc à faire.

– T'en as pour longtemps ? Oublie pas que t'as rendez-vous à Pôle Emploi cet aprem – et l'assistant social vient à 18 heures, aussi.

Sourire.

– Je sais, Poussinette.

– Papa… T'as pris tes médocs ?

Sourire. Fâné.

– Oui, Punkette.

Un temps. Il reste immobile. Je trouve ça bizarre, je mets cela sur le compte du traitement.

– Viens là, ma fille.

Je m'approche. Il passe son bras autour de moi. Geste ancestral qu'il prodigue « en cas de colère », comme il dit. Un mauvais rêve à bannir. Un encouragement du matin. Me féliciter d'une bonne note… ou un câlin.

Tout simplement.

– Je suis fière de toi, Joan. Je n'aurais jamais imaginé avoir la chance de vivre un truc pareil avec ma fille. Oui, évidemment je parle pas de ce qui nous arrive. (Sourire). Cette chance d'avoir une fille comme toi. Ne change jamais. T'es le petit secret que je garde au chaud et que le monde va se prendre dans la tronche le jour venu. En tout cas, tous ceux qui croiseront ton chemin.

– Ça va, Papa ? T'es bizarre.

Ses yeux sont vraiment très rouges. Ce n'est pas dû qu'à une insomnie. Et puis, qu'est-ce qu'il me raconte, là ? C'est moi qui lui dois tout. Ces mots sont troublants. J'ai toujours du mal à accepter son regard si fier. Après tout, pour moi c'est normal, son sang coule en moi. Il s'arrête à la porte. Encore. La poignée tremble.

– Tu vas faire quoi aujourd'hui, ma chérie ?

– Je sais pas. Voir Hugo, sûrement.

– Tu as raison, ma fille. Vis à fond… Je t'aime, Joan.

– Moi aussi, Papa. Tu veux que je nous prépare quelque chose pour ce soir ? Si tu veux, on se fait la saison 5 des Soprano. En une soirée !

Il prend une grande inspiration. Je crois que j'entrevois une larme qui se détache dans un coin de son œil – mais sans doute que non, je réinvente : je n'ai rien vu.

J'aurais pu. J'aurais dû.

– On verra, ma fille… On verra.

***

Le portail est grand ouvert.

Que ma volonté soit faite, que ma colère soit écoutée.

Je passe à côté des deux énormes berlines garées dans une allée de graviers que je racle de mes sandales usées.

J'avance. Seule. Mon ombre reste dans mon dos, comme incapable d'assister à la lente agonie de ma raison. Je grimpe l'escalier qui mène à une porte-fenêtre entrouverte. Rien ne pourra plus m'arrêter. Rien, ni personne.

Je pousse la porte. Sentiment étrange de pénétrer l'intimité d'un autre. Je n'ai pas le droit d'être ici. Dans le royaume de mon coupable.

J'essuie mon nez qui coule. Je renifle. Frotte mes yeux ; la crosse touche l'arête de mon nez. Douleur et peur, ensemble.

Toutes mes larmes charriées vers l'arme, si lourde.

Noire.

Sympa, l'enfer : des colonnades, une banquette de la taille du Titanic, des tableaux, des meubles sûrement très anciens…

Tu ne le juges pas pour ce qu'il est mais pour ce qu'il fait. La marche débile et monstrueuse qu'il conduit.

C'est lui qui siège pour l'instant en haut de la chaîne. Le monde tourne, change et on s'accommode des victimes du naufrage. Il va les rejoindre, toutes ces victimes. Il va en devenir une.

Je me répète ainsi, sans cesse, mes litanies nées du dégoût.

– Allez on se dépêche ! J'ai réservé pour 19 heures, les autres sont déjà là-bas. Allez, allez…

Tout se fige. On se fait face.

Enfin nous nous rencontrons. Père de ma haine de ce monde. Grand géniteur des faits divers qu'on oublie. Dévoreur de lutte.

Il a l'âge de mon père. Presque. Il est beau. Presque. Serré dans son costume pimpant malgré la chaleur.

Surprise. Il reste figé.

Qui suis-je ? Une ado mignonne et peu farouche qui a suivi le lapin jusque dans son terrier ? Pas vraiment, mate mes yeux souillés de larmes, connard.

Il *la* remarque enfin. Oui, il la voit et il reste bloqué sur l'arme que je tiens dans la main.

– Prenez ce que vous voulez, mais ne nous faites pas de mal.

Moi, une voleuse ? Je ne voudrais rien qui vienne de toi. *Ne NOUS faites pas de mal*, vous ! Et pourtant vous n'avez rien fait pour empêcher que ça arrive.

Il est terrorisé. *Qui suis-je, alors ?* Une énième incarnation de la jeunesse perdue, comme celles qu'il entrevoit parfois au JT de 20 heures ? Un acte de violence sordide ? La délinquance ? Je ne suis plus rien, et c'est ta faute. Tu me rends malade. J'avance. Il me présente ses mains ouvertes.

– Je vous en supplie... c'est l'armoire à pharmacie que vous voulez ? Pitié, prenez ce que vous voulez.

Une junkie ? Continue tes insultes, tu finiras par reconnaître ce qui ronge mes yeux : la misère, la même que tu croises sur le trottoir quand tu te rends dans tes temples. La détresse. Je suis la fille du refus. J'ose. Je n'ai plus de pitié. Des vibrations dans le crâne, dans les doigts. Je glisse vers l'horreur, juste là où ses yeux effrayés me supplient.

– TA GUEULE !!!!

Je hurle comme je n'ai jamais hurlé.

– Mais qu'est-ce que vous voulez, bon sang ? Ma famille est ici, je vous en supplie…

Je lève l'arme ; il se raidit. Je la tiens à deux mains. Comme dans un film. Et après ? Il faut simplement appuyer ? Je ne sais pas. Des fois, on voit le mec balancer sa tirade et armer son flingue ensuite ; faut que je fasse pareil ? Des fois le coup part tout seul. Ou alors je dois simplement appuyer. Là.

À cette distance, impossible de le rater. Je peux presque sentir son souffle apeuré sur moi.

– Mon père…

Un sanglot déferle. Mes propres mots me tuent :

– Mon père va *mourir*, tu comprends ? Mon père, l'homme que je respecte le plus au monde, va mourir, d'une minute à l'autre. Et moi, je suis là, comme une conne. Dans ta villa de merde. Et tout ça, c'est de ta faute.

Dans la terreur qui le paralyse, il paraît tellement attristé pour moi. Lui aussi.

Il ne comprend pas, il est si loin de notre univers, de notre histoire… Il réussit à bafouiller :

– Je suis vraiment désolé pour vous mademoiselle, mais je ne comprends pas… Si seulement je pouvais vous aider…

– Ta gueule, putain… Ta gueule !

Je comprime la mâchoire. Mes dents vont exploser. Ma gorge si douloureuse. Comme si je m'étais plongé les doigts dans les yeux. Je me noie.

– Je suis sa fille. Tu m'entends, hein, cet homme que vous avez brisé, brisé, c'était MON PÈRE. Vous me rendez malade. Tout est foutu. Je veux que tu paies pour ce qu'il a subi. Pour ses larmes, ses nuits à fixer le plafond, son humiliation, sa déchéance… Je veux…

Il tente d'adoucir mon regard malade et de démêler les barbelés sanguinolents qui blessent ma chair.

– Attendez… Attendez, mademoiselle… Qui est votre père ? Qui sont ces « vous » ? Je voudrais vous aider, d'accord ? Calmez-vous, on va trouver une solution.

Tu gagnes du temps. Soit. Tu veux savoir. Soit.

Papa, est-ce que t'es encore avec nous ? Je sens déjà un tel vide ! Est-ce que tes yeux se sont fermés… pour de bon ? Est-ce que ça s'arrête maintenant ? Je ne *veux pas*. Ma voix comme une arme :

– Pourquoi vous avez tout fait pour lui pourrir la vie ? C'est vraiment *impossible* de vivre dans ton monde de merde, alors ? T'en veux toujours plus, hein ? Pauvre raclure, j'te crache à la gueule… Toi et ton système d'enculé.

– Mademoiselle, calm…

– Bien sûr que je croyais que ça n'arrivait qu'aux autres. Bien sûr. Et quand j'ai compris que j'étais en plein dedans, c'était déjà foutu, tout. J'te jure que tu vas payer, tu vas… Tu vas…

– Écoutez…

– TA GUEULE ! Ta putain de gueule, tes arguments, tes explications, tout ça je m'en balance !!! Fallait pas, pas lui, il méritait pas, personne ne mérite ça !

Je crache mes larmes. Je ferme les yeux, les rouvre, secoue la tête, fort, si fort !

– Toi et ton système, vous êtes un génocide pervers qui se nourrit de la *résignation*. Mais moi, moi : je le rejette. Je sais que ça continuera avec ou sans moi. Mais pas avec toi.

Il tombe à genoux. Il voit que je suis prête.

Il m'implore.

Je suis tout, victime et bourreau, je trahis mes idéaux et rends ma justice. Je suis l'anté-moi.

Mon père va mourir, il va me quitter. Et alors je me répète sans cesse, sans cesse…

Je veux un coupable.

Mon doigt tremble sur la gâchette et j'ai le cœur qui me chavire dans tout le corps.

J'ai besoin d'un coupable. J'ai *besoin* de trouver une issue. Fuir tout entière par le tunnel de ce canon que je pose sur le front de l'homme à terre.

Je dois le fairc, pour *lui*, pour moi. Pour venger – et moins souffrir. Pour espérer et croire, ou tout simplement… pour voir ? Ce qui se passera après…

Oui.

Si je le fais, peut-être qu'une génération entière arrêtera de nager après un billet de banque comme un bébé joufflu dans sa piscine !

J'ai peur.

Faut-il toujours un coupable ?

Y a-t-il toujours un coupable ?

Des larmes que je ne contrôle pas dévalent mes joues.

Demain, un jour, j'aurai dix-sept ans. Ailleurs l'été bat son plein, la crise est là, jeunesse se passe et demain c'est loin.

Et moi je plaque une arme, lourde dans mon poing, contre le visage terrifié du Grand Patron Français. Je veux que ce soit de sa faute. Tout est né de cette haine et tout a une fin, pas vrai ? C'est bien ce qu'on dit : TOUT A UNE FIN.

Je dois aller au bout. Je dois le faire. Sentir mes nerfs hurler et éclater sa tête. Céder à l'instant que j'ai tant attendu. Le saut final ; ma révérence.

Mais…

Non.

Mon père… son visage qui tourne en moi, m'aime et m'amène sur son envoûtant manège à émotions. *Accroche-toi bien, ma chérie. Tu t'accroches, hein ?* Son sourire naïf tandis qu'il me regarde vivre.

Un sanglot me tord la gorge, et d'autres larmes coulent quand je me rends compte que je pense enfin à lui sans avoir envie de mourir.

L'arme lourde dans mon poing.

Je sais très bien qu'il n'approuverait pas, qu'il serait furieux. Tout est de leur faute et quelqu'un doit payer.

Peut-être… Peut-être bien qu'il n'existe aucune bombe assez puissante pour faire exploser ce monde que je vomis mais tant pis, tant pis : mon doigt est malgré tout le détonateur du souffle qui viendra – et qui balaiera tout.

L'homme me supplie, je n'entends pas ses mots. Ma peur livre un combat contre ma rage, raison contre révolte, et toutes mes certitudes ont voltigé : une pièce qui monte au ciel avant de retomber.

Je ferme les yeux. L'instant du choix.

Ses yeux larmoient. Il s'étrangle dans son vomi, ses larmes et sa peur. Tout défile, comme si j'allais *me* foutre en l'air. Hugo, Blanche, Maman. Mon père. Mon père qui va mourir. Si tôt, si bêtement. Qui est mort peut-être. Alors, je veux et je décide, je lâche tout.

J'appuie sur la gâchette.

BLAM !

Sa tête part en arrière. Elle n'éclate pas, non… elle bascule. Doucement il tombe au sol. Partout du sang.

C'est fini. Je l'ai fait… Je l'ai fait.

*

NON.
Cette voix qui hurle en moi.
Ça aurait pu…
… mais non.

Pas encore.
Pas comme ça.
J'ouvre les yeux.

Une seconde d'absence et mon cerveau l'a mis à mort. *Le grand flash.*

Mon doigt resté rigide sur la détente. J'ai des nausées. Le canon sur son front marque encore sa peau. Je pleure.

Mes sanglots résonnent dans l'immensité de la salle, et je m'aperçois soudain que je suis en train de crier comme une folle. Une junkie. Une délinquante. Une folle à lier.

– JOAN !!!NON !!!

Hugo.

– OH MON DIEU, JOAN!!!!

Blanche.

Je les devine dans mon dos.

Leur aura, leur force pour me soutenir.

Lassale lit ma détresse, me supplie encore et implore mes deux anges gardiens de mettre fin à son supplice.

– Joan, écoute-moi. Il n'en *vaut pas* la peine, tu mérites mieux, tu ne peux pas finir ta vie en taule ! Joan, ce n'est pas ce que ton père voudrait. Tu le sais. On le savait, dès le départ.

– Il va mourir, Hugo.

– Calme-toi.

– Papa. Il va mourir. Maman me l'a dit. Elle me l'a dit, Hugo. Il va mourir. C'est fini, de toute façon.

Silence.

– Je suis si désolé pour vous... Je vous le jure, mais posez cette arme et parlons... je vous en conjure.

Hugo apparaît à ma gauche. Le doigt pointé sur Lassale.

– Quoi ? Tu crois que c'est toi qui souffres, là ? Tu crois qu'on va se mettre à une table, prendre le thé et qu'on va se parler ? Et après ? Tu prendras conscience qu'on vit dans un autre monde que celui que tu veux bien voir et avec ton petit pouvoir illusoire, tu décideras de changer les choses ? De la merde, on le sait tous ! Y a pas de *happy end*, Scrooge : c'est pas toi que je viens sauver, c'est elle.

Je jette un regard à Hugo, il est déchaîné. Il a les bras en croix, le front haut, les doigts crispés.

– Pour moi tu ne PEUX PAS mourir, connard, et tu sais pourquoi ? Simplement parce que t'existes même pas. Va, continue, je m'en branle. Même dans ce malheur, on a gagné, et on gagnera toujours.

Oh, aidez-moi à sortir de ma *cage à migraines*.

Aidez-moi.

– Joan, écoute.

Blanche, sur ma droite. Sa main réchauffe mon épaule gelée. Elle suffoque :

– Joan, même si tu tires, ça n'enlèvera pas la peine... Joan... Il faut que tu sois forte, ils ne méritent pas qu'on sombre pour eux. La culpabilité... Ça, ça ne te laissera plus respirer. Arrête tout, je t'en supplie, et tu resteras celle qu'*il* voulait voir avancer, celle qu'il a offerte au monde. Qu'il m'a offerte.

Je revois des photos. Des sourires, des grimaces. Papa qui me porte comme la « peluche » du Roi Lion. Le cycle éternel. L'amour d'un père pour son enfant. L'amour d'une mère qui m'attend, et qui a besoin de moi. Le visage de Papa, si souriant.

– Tu vois, le monde se divise en deux catégories, ceux qui font la tronche et ceux qui rient. Toi, tu ris.

Je dois accepter : mon père va partir.

Oui, il faut que je...

Une voix :

– Ayé, chuis prête !

La porte s'ouvre sur un sourire qui avale toute ma haine. Une petite fille. Six, sept ans.

Forcément. Apprêtée comme une princesse. Fierté de son papounet. Forcément.

Je me sens terriblement mal. Dissimuler l'arme, vite. Protéger son monde à elle, pas qu'il s'effondre... Je ne veux pas qu'elle voie sa laideur. Je refuse de la gâcher, elle.

Qu'est-ce qu'elle voit, là ? Trois ados, hirsutes face à son père qui fait un drôle de bruit plaintif, est-ce qu'elle s'imagine une raison qui la rassure ? Est-ce qu'elle passera vite à autre chose ? Magie de l'enfance qu'il ne faut pas tromper. Je veux lui offrir ma vérité, alors je marche vers elle, l'arme blesse mes reins.

Je prie pour qu'elle ne l'ait pas vue. Je plonge dans ce regard venu d'ailleurs.

Elle me toise, silencieuse. *Ne baisse pas les yeux, lis en moi, cherche la beauté dans ce qui reste. Refuse la peur, et le monde sera moins moche.*

Lassale est pétrifié : la folle est devant sa fille et lui caresse les cheveux. Blanche supplie Hugo de la serrer fort dans ses bras pour se prouver que tout cela est réel. Je ne prête pas attention à eux, juste à la petite fille. Et dans ses yeux gigantesques qui éclairent à nouveau mon âme : je me vois.

Je me mets à sa hauteur. Je lui caresse les cheveux. Comme Maman, comme Blanche.

J'échange un dernier regard avec l'homme à terre. Il attend que je rende mon jugement, je secoue la tête et regarde mon coupable se ruer vers sa fille pour la cajoler. Il fera ce qu'il veut, me dénoncer, me faire arrêter, je m'en moque. Nos mondes vont continuer à se tourner autour. Mais attention aux collisions. Toutes les Joan n'ont pas une Planète Hugo et une Étoile Blanche pour empêcher les trous noirs de tout aspirer.

Ils me soutiennent. La petite fille me sourit et considère son père d'un air moqueur. Innocente et si loin de nous.

***

Hugo est sorti le premier. Il a brandi son poing jusqu'au ciel. Vasco et Djib, eux, semblent avoir tout juste réappris à respirer. On marche. Derrière nous la villa disparaît progressivement.

Tous les trois côte à côte. Les voix des grands frères loin derrière arrivent jusqu'à nous.

– J'les appellerai et je vais leur demander un autre entretien, avec ma plus belle voix. Ils ont flashé sur mon CV, y a pas de raison. Je vais tout faire pour rattraper le coup.

– Mais nan, balance-leur que t'as passé le week-end avec la femme d'un ponte de Goldman & Sachs, et que comme c'était férié vous avez galéré à trouver une pharmacic pour choper la pilule du lendemain !

– T'es un malade. Non : t'es un déviant.

– Ouais mon pote, mais je mise tout sur toi ! Cent balles que tu le décroches, ton taf de requin !

– Putain, V…

On avance.

D'un pas déterminé, vers le bas de la colline.

Devant nous, nos ombres n'en finissent pas de grandir. Elles nous dépassent, nous montrent le chemin. Hugo prend ma main. Blanche l'imite.

On y va. Je vais aller dire adieu à mon père. L'embrasser et le laisser redevenir éternel.

J'ai tant à lui raconter.

– Je l'ai fait mon choix, Papa. Est-ce que… t'es fier ?

– TU peux être fière, Poussinette.

– Je viens te dire adieu.

– Comment ça, adieu ?…

– Au revoir, alors.

– Je préfère. Je serai jamais loin, tu sais – et je t'ai à l'œil, avec ton Hugo !

– Papa, c'est mon meilleur ami, en plus avec Blanche ils sont fous l'un de l'autre.

– Mouais, c'est ça. Pas à moi, Punkette. Allez, va, vis et deviens. Normalement, j'ai pas fait du trop mauvais boulot.

– Je t'aime, Papa. Je t'aime tellement.

Je rouvre les yeux sur une vue sidérante, oui : j'ai tant à lui raconter.

Je lui dois tous mes beaux moments.

Sa fille de sang qui ne serait rien sans lui. J'arrive, et ensuite je reprendrai le cours de cette fuite absolue qu'on appelle parfois *grandir*.

À jamais en son nom. Je suis parée.

Je n'ai plus peur, nous sommes là, les voilà prévenus. Nous sommes légion. Nous avançons ensemble vers cet horizon.

Allons enfants, voguant dans ce monde, et un jour – mais un jour seulement –, nous le céderons à notre tour.

Pour l'instant, nous prenons le temps de regarder le soleil disparaître. Avec cette certitude maintenant qu'il reviendra demain avec nous.

On reste assis les mains dans le sable, à écouter la mer. Longtemps. Ensuite nous partirons. La nuit enfin calme.

Alors nous allons vivre ; curieux, dérangés, insatiables, furieux, révoltés, amoureux, jaloux, anxieux, stupides, fiers, puissants, inarrêtables, incompris, sereins, heureux, désinvoltes et sûrs d'une chose : nous sommes demain.

Nous sommes déjà demain.

Collection dirigée par Tibo Bérard

Achevé d'imprimer en juillet 2013
sur les presses de l'imprimerie Pulsio. net
N° d'édition : 0065
Dépôt légal : 3e trimestre 2013
ISBN : 978-2-84865-646-5

Imprimé en Bulgarie